C H A R A C T E R   F I L E

sfortune † Seven

丹德莉恩

PROFILE

Age ?

稱號：魔羊
樣貌：一頭色澤閃亮、瀑布般的金髮，藍綠色眼珠，和萊特很像。

「晚安、晚安，小羊酣睡。」

性格

溫柔活潑，和達莉亞曾經是最好的朋友，兩人像是光與影般的存在。

C H A R A C T E R   F I L E

Misfortune † Seven

昆廷·蕭伍德

PROFILE

Age 26(?)

職稱：獅派教士
樣貌：淺棕色短髮，湛藍色眼珠，
身材高瘦。

**「我只是想
保護我的家人而已。」**

性格

安靜穩重，性格內斂，但被許多人認為個性不夠堅毅果決。

GOBOOKS
& SITAK
GROUP©

三日月書版

輕世代 FW377
三日月書版
著 碰碰俺爺
畫 woonak
14
MISFORTUNE † SEVEN
夜鴉事典
凝闇流金

夜鴉事典

Misfortune † Seven

CONTENTS

CHAPTER 1

木屋

她的腹部被擠壓拉扯，就像是有怪物躲在裡面、準備要掙脫一樣難受。圖麗獨自蜷縮在棉被裡啜泣，女僕曾經來詢問過需不需要幫忙，但被她拒絕了。

女僕只是想幫忙，讓她好過點，圖麗很清楚；但她同時也明白，女僕依舊是教廷忠實的僕人。

無論她身上發生什麼異狀，女僕都會告訴他們，即使她曾經答應過不會說出去。

就像那天一樣——

橘金長髮的男巫眼神裡閃爍著冷漠的光線，瞳孔如同蛇一般銳利。他握著她的手腕，視線緊盯著她的腹部。

「她來初潮了是嗎？」

被這麼問到，女僕看了她一眼，眼神裡滿滿的都是抱歉。

「是的，伊甸先生。」

聞言，男巫先是沉默，然後才對著她說：「恭喜妳，妳是個大女孩了。」

但他的神情看起來一點也不像在恭喜她。

她沒有回應，而是望向站在一旁的勞倫斯，男巫的視線也隨同她移動。

勞倫斯的神情沒有太大的變化，他的手放在圖麗的肩膀上，那一直是他安撫她時的習慣動作；然而平時讓她感到安心的觸摸，此刻卻帶來了強烈的壓迫感。

「不要緊，這只是成長的必經過程，雖然以後責任會越來越重，不過我會陪在妳身邊的。」勞倫斯微笑道。

圖麗也回以微笑，如果不笑的話，她不知道勞倫斯會有什麼想法。

「先去休息吧，我有事情要和伊甸談談。」勞倫斯說，他輕柔地抬起她的下巴，讓她離開。

然而銜蛇男巫的視線始終在她身上不曾離開。

圖麗什麼都沒說，她只是在離開前摸了一下她送給勞倫斯的小鳥雕像，男人總是將她送的東西放在桌上。

接著她獨自離開，繼續去扮演聽話乖巧的傀儡大女巫，勞倫斯則是和男巫在他們以為她看不見的地方談論她的事，她的成熟……

回到現在，圖麗緊緊握住手裡的烏鴉木雕。

「柯羅……柯羅……」

她臉色蒼白地對著手心裡的雕像輕喊幾句，但自從那天斷訊之後她就再也沒能聯絡上柯羅。「……哥？」

就算叫哥也毫無反應。

圖麗不確定發生了什麼事，也許是女巫地牢的巫術阻斷了他們的通訊，也許是因為柯羅根本不想再理會她，畢竟她對他向來是這麼的淡漠。

如果可以選擇的話，圖麗希望是因為前者的緣故。

肚子痛得難受，她重重地發出嘆息，腿間黏膩的血液流動感也讓她不舒服，房間裡的影子卻在這時又開始搖晃、抖動。

圖麗想遮住耳朵閉上眼，不去理會那逐漸變化成女人形體的黑色影子，可是她實在疼得不想去做這些事了。

於是那個幻化成前大女巫模樣的影子又爬上床來，躺在她身邊，輕輕拍著她的肚子，哼著每次都會哼的歌。

圖麗並不想承認自己因此感到舒緩許多，畢竟那影子不是好東西，只是她會在無助時無意識下創造出的東西。如果被任何人知道了，他們一定會認定她步上了母親和大哥的後塵。

輕聲嘆息，圖麗枕在床榻之中，望著緊握在手中的木雕烏鴉。她親吻烏鴉，希望柯羅早日再次與她取得聯繫，她還有太多問題想問，包括瑞文的事。

聽著影子的歌聲，圖麗昏昏沉沉地正要陷入睡夢中之際，幾隻被她擺在桌上的木雕小鳥卻叫了起來。

其中一隻小鳥發出嚴厲的喝斥聲，勞倫斯的聲音從小鳥嘴裡傳出：「他們連女巫地牢都敢入侵，以後不知道還能做出什麼事！」

其他隻鳥也跟著叫起來。

「把通緝令發下去，派教士出去巡邏，靈郡以外的地方都要尋找，他很有可能是潛逃去找他兄弟會合了。」

身上的影子退去，圖麗忍耐著不適起身，她坐到書桌前聆聽著小鳥們你一言我一語。

「黑萊塔的人員將暫時停止執行任何任務，他們已經不被信任。」

「蕭伍德呢？」

「還不清楚是自願幫忙或是被挾持，必須詢問銜蛇男巫。」

「叫約書和伊甸來找我，我需要知道究竟發生了什麼事。」

圖麗的心臟跳得很快，她很快意會過來小鳥們在說柯羅的事情。她安靜地等待著，小鳥們卻不再說話，這讓她不由得焦急起來。

她用手指戳著小鳥們的屁股，想獲得更多資訊。

小鳥們安靜無聲，圖麗嘆息，下一秒它們卻張大嘴，做出尖叫狀，嘴裡發出的卻是沉穩的腳步聲。

腳步聲從遠到近，越來越大聲。

「噓！」

圖麗對著小鳥們做出吹蠟燭的動作，一整排小鳥在瞬間閉上嘴，她則是慌忙地回到床上，拉上棉被將自己裹住。

棉被裡，影子不知何時又竄上來，攬住她的腰，在她耳邊用手指抵住嘴唇，也學她說了聲：噓。

圖麗閉上眼深呼吸，告訴自己影子並不是真實存在的。

在影子融進黑暗之中的同時，房門被人打開來，那個身穿白袍主教服的中年男人走入，腳步聲沉穩。

圖麗聽見對方來到她的床旁，卻沒有叫醒她，只是沉默地站在床邊凝視著她，直到她假裝清醒。

「勞倫斯？」她揉著眼睛。

勞倫斯像沒事一樣地坐在她床邊，一隻大手放到她腦袋上輕輕撫摸。

「還好嗎？」他溫柔地問。

「還好。」圖麗坐起身來，被影子撫慰過的腹部又開始隱隱作痛。

她假裝什麼都不知情地問：「發生什麼事情了嗎？」

勞倫斯歪著腦袋，他笑著說：「沒發生什麼事啊，為什麼這麼問？」

男人說謊，他總是不讓她知道太多的壞事，是為了不讓她擔憂，還是為了別的，圖麗從來沒搞清楚過。

「沒什麼，只是今天感覺很喧鬧。」圖麗說。

「也許只是因為身體不舒服的關係，需要我泡杯熱茶給妳嗎？那能夠讓妳變得不那麼煩躁，睡得更好一點。」勞倫斯伸手擁抱著女孩，輕輕拍著她的背。

聽著勞倫斯溫柔哄著自己的聲音，圖麗依偎在這個如同父親一樣的男人身上，她搖搖頭：「不了，我今天不是那麼想喝。」

她想保持清醒。

「需要讓伊甸來看看妳嗎？」勞倫斯又問。

「不了，只要讓我多休息就好，謝謝你的關心。」圖麗說，並且在男人發出諒解的笑聲時回擁對方。

勞倫斯的懷抱總是這麼的溫暖……圖麗張開眼看著桌上緊閉著嘴的木雕小鳥，以及那在角落裡隱隱顫動著的黑影，她手裡依然緊握著木雕烏鴉，心緒也飄落在別處。

不知道柯羅現在到底在哪？在做什麼呢？

羊群走在前方，男巫們列隊在後方，一路行走在鄉間小路之中。太陽逐漸西下，月亮隱隱約約浮現在草原的另一端，準備取而代之。隨著即將到來的黑夜，原本還算涼爽的風開始變得寒冷刺骨，也變得強勁。

一陣強風颳來，綿羊們蓬鬆的毛被吹得變形，也逼得柯羅不得不停下腳步用手遮擋冷風，連自己口袋裡的木雕小鳥微微發出震動也沒注意到。

「會冷嗎？」被風吹得步伐凌亂的萊特轉過頭，大聲詢問走在後面的柯羅。

柯羅搖搖頭，逆風向前走到萊特身後。

「我冷死了！」只披著柯羅的西裝外套的賽勒跟在後面喊。

萊特看著他，然後將視線越過他，大聲詢問走在最後方的絲蘭：「絲蘭先生還好嗎？」

絲蘭落後了他們一小段路，一個人在後面走著。聽到萊特的詢問，他慢上幾拍才抬起頭來，對著他搖頭。

「可以不要無視我嗎？」賽勒很不滿。

「沒有東西給你穿了啦。」柯羅嘖了聲。

賽勒正打算再次開口說一堆抱怨的話，幾隻走在前面的綿羊忽然回頭，全部簇擁在他們身邊，形成奇怪的保暖防護。

柯羅困惑地歪了歪腦袋，他直覺地看向萊特，萊特只是對他聳肩。

「我就在想，如果我有巫族的血統，應該也會有我自己的信使吧？」

「但是？」

「但是我試過路上的野貓、野狗還有野鳥，家裡的蜘蛛、蟑螂、蒼蠅和蚊子，根本沒有生物願意鳥我，蚊子還吸我的血。」

萊特伸手拉了柯羅一把，將他拉上山坡，繼續帶領著一群人向前走。

「本來我還以為是我的問題，也許我身上根本沒有什麼巫族血統；可是今天和這群綿羊相處之後我終於知道為什麼了，也許不是因為我沒有巫族血統，只是因為我在大街上遇不到羊……或正常的羊。」

羊皮莊那些恐怖的羊就算了。

「我的信使很可能是羊！」萊特按著胸膛宣布，像第一個已知用用火的猿人。

「不然你以為你的家族為什麼頭銜是魘羊？怎麼不叫三斑家蚊之類的。」柯羅實在忍不住吐槽。

「我以為叫魘羊只是聽起來比較酷而已。」

「怎麼可能？你真的很白痴。」柯羅皺眉，卻在下一秒噗哧出聲。

萊特還在繼續正經八百地胡說八道著：「不過這太不公平了吧，現在我們都住在都市，都市裡哪裡有人養羊啊？我根本沒辦法像你們那樣隨手使喚信使。」

聽他不斷為著這種蠢事抱怨，柯羅難得笑到連肩膀都為之顫抖，即便大笑讓他身上那些伊甸刑求造成的傷口都在疼痛。

「我是認真的，不要笑！」

說歸說，萊特自己卻也忍不住笑場。

兩個人莫名其妙地笑成一團，只有賽勒落在後面猛翻白眼，露出作嘔的表情。「在我看來你們兩個都像白痴，還有這些羊臭死了。」抱怨歸抱怨，綿羊用身體擠著他時，他倒是沒有推拒。

在一陣歇斯底里的大笑之後，柯羅終於止住笑意，他用指腹擦掉眼淚，回頭看了眼落在後面拉長隊伍的賽勒和絲蘭，又再度看向萊特。

萊特身上的教士服又髒又破，臉上有著混亂中碰傷的瘀青，和平常意氣風發的教士完全不同。

打住笑意，柯羅靜靜地凝望萊特，一陣冷風再度襲來，這時太陽已經完全下山了。

「怎麼了？柯羅。」萊特歪著腦袋問。

柯羅低垂眼眸，沉默半晌，他才緩緩說道：「沒什麼，只是在想我們怎麼會淪落到這種地步。」

「被伊甸抓包還起衝突確實是不在原本的計畫之內啦，抱歉搞得這麼狼狽。」

「你們不該來劫獄的。」

「別這樣嘛，我知道我們應該先弄個B計畫，但是……」

柯羅打斷會錯他意思的萊特，「如果你們不來劫獄，只是我一個人承受的話，一切或許還有轉圜的餘地，你們現在都還能安然地待在黑萊塔……」

萊特頓住，不解地看著柯羅。

「如果不是我那時候衝動跑去追瑞文的話，你不會瀕臨死亡，這一切也都不會發生，現在我卻害得我們所有人都回不去靈郡。你們當初應該讓我待在地牢裡就好，這樣的話至少你們也不用……」

「柯羅！」萊特忽然大喊，打斷柯羅的話。他皺眉，表情難得嚴肅，「不要自責，也不要說那種話。」

「萊特……」

看著眉頭深鎖、滿臉委屈的萊特，柯羅緊握著拳頭沒有說話。懊惱和罪惡感一直深深地壓著他，他一直很擔心萊特會怪他。

「你明知道我們不可能不救你，讓你獨自忍受折磨我們絕對不會比較好過。」

可是一如既往地，萊特沒有怪罪他。

「而且你是我們很重要的伙伴，是對我來說很重要的人……所以如果你出什麼事，那才是你真正該自責的時候，因為我會很傷心。」萊特低垂著腦袋，金髮在暗去的天色下依舊耀眼。

他撈起柯羅的手腕翻看，在看到上頭全是被伊甸刑求留下的瘀血和傷疤後，他顯得更加低落。

「我還有點遺憾我們去得太晚了。」

柯羅沉默，酸楚湧上鼻尖。

在女巫地牢時，他本來差點就要聽信伊甸那些毒言毒語，以為萊特再也不會出現，也沒有人會來救他；就像過去一樣，每個人都走了，每個人都離開他……只剩下他獨自一人面對。

當初他想著，這也不要緊，反正他已經習慣這件事了。就算事情真的變成這樣，他和家族的詛咒一樣，最後陷入瘋狂、屠殺眾人，又遭到眾人屠殺，他也不會在乎，反正萊特已經不在了。

然而萊特卻再次出現了。

不顧自己的處境，就算會讓自己陷入危險，但每一次，在他陷入絕望之時，萊特依然會出現在他身邊，讓他知道自己有人陪伴。

柯羅注視著萊特，想當初第一次見到這傢伙時，他還每天王八蛋、王八蛋的照三餐問候。

反手輕輕握住萊特的手腕，柯羅低下頭，再也沒辦法控制自己的表情和眼淚。

注意到這點的萊特沒有多說什麼，下一秒又不正經地抱著柯羅哭天喊地，「我把你養得這麼白白胖胖，伊甸怎麼可以這麼對待你，你還是個孩子啊！真是個狼心狗肺、蛇蠍心腸的傢伙。」

被萊特摟住，柯羅沒有像往常一樣氣得炸毛急忙掙脫，只是安靜地待在萊特懷裡，額頭和臉緊緊靠著對方的肩膀和胸膛，伸手緊抓對方背後的衣服布料。

萊特的擁抱溫柔又踏實，他輕拍柯羅的背，親吻他的頭頂。

「你還好嗎？柯羅。」

柯羅沒有說話，他窩在萊特懷裡，第一次感受到失而復得的美好。他們緊緊相擁著，誰也沒放開誰——直到眼神死的賽勒從旁邊路過。

「自從遇到你們開始我的人生就好痛苦，真的好痛苦啊。」賽勒拉長音呻吟，綿羊們也跟著拉長音咩咩叫。

柯羅從萊特懷裡抽身，在黑暗裡用袖子抹了把臉。

「不要再抱怨了，要怪就去怪你的兄弟。」柯羅說，他打響指頭。月亮像是提早上升般，原本微弱的月光瞬間明亮得像日光。

「我當然怪我兄弟，但這和抱怨你們是兩件事，沒有衝突。」

「確實沒有衝突，可是我們現在算是命運共同體，應該要和平相處。」萊特真摯地說，抓住柯羅和賽勒的手強迫交疊，但溫情退散之後兩人都給了他一個極其嫌惡的表情。

而這時一直沉默著的絲蘭終於說話了。

「看那邊。」他指向前方，臉色在月光下顯得蒼白憔悴。

一行人順著他所指的方向望去，羊群們不斷往同個方向走去，一棟小木屋遠遠地出現在前方，沐浴在月光之下。

小木屋看上去相當老舊，周圍都是叢生的蒲公英，花海覆蓋過通往小木屋的路徑，這裡似乎已經多年無人造訪。

羊群們圍繞在小木屋旁沒有進入，牠們只是在周圍徘徊，安分地待在屋外休息。

看著那棟老舊的小木屋，一股強烈的既視感在萊特腦海中湧上，彷彿他之前曾經來過類似的地方，但他卻想不起來究竟是何時何地、在哪見過這棟木屋。

「萊特。」

「嗯？」柯羅的聲音將萊特的注意力拉回。

「我們進去嗎？」柯羅問。

夜晚的寒風越來越強勁，綿羊們一路將他們帶往偏山郊區，方圓百里之內他們能徒步走到暫時歇腳的地方也只有眼前這一棟，彷彿牠們一開始就是要強迫他們在這裡住下。

萊特點頭，用有點不太確定的語氣說道：「我相信我的……信使們？」收著腳的綿羊們咩咩叫，露出牠們白森森又整齊的牙，賽勒則是來不及抗議就被綿羊們一路往前擠向木屋。

「我相信你。」柯羅只說了這句話。

萊特微笑，隨後他轉頭看向落後的絲蘭。

「要幫忙嗎？絲蘭先生。」萊特想伸手扶他，卻被對方拒絕。

看著狀態不太好的絲蘭獨自逞強前進，萊特也不好多說什麼，他向柯羅使了個眼色後，兩人默契地並肩走在前面，柯羅腳下的影子則是一路延伸，悄悄地拉著絲蘭的影子前進。

幾隻跟過來的蜘蛛在蒲公英上亂跳著，似乎在對他們表達感謝之意。

木屋看上去年久失修，已經多年沒有人居住。

伸手撥開灰塵，柯羅才剛進門就被賽勒不客氣地肘擊。

「你幹什……」

「把壁爐點上吧，我快冷死了。」賽勒頤指氣使地指著已經年久失修的壁爐。

「你是公主嗎？不會自己點喔！」柯羅沒好氣道，他順手一揮，木屋裡亮起溫暖的燭光，卻只有光而已，沒有火源。

「你不能點火嗎？」

「那不是我的能力。」

「但那是你哥的能力，你都沒沾到一點？」賽勒瞇起眼。

一提到瑞文，柯羅整張臉就跟著陰沉下來。

瑞文帶著他沒看過的使魔出現，讓使魔當著他的面攻擊萊特的畫面仍然歷歷在目。

在女巫地牢裡那幾天，萊特癱軟在他的懷裡，鮮血不斷溢出的那一幕就像惡夢般不停折磨他，此時想起來他依然止不住顫抖。

雖然當事人現在已經活蹦亂跳，像隻探尋犬一樣在木屋裡四處亂竄了……

「閉上你的蠍子嘴，我現在不想聽到他。」

「事實上，蠍子沒有可以說話的聲帶，所以沒有閉上你的蠍子嘴這種說法。」

「你是不是欠揍？」

「好了好了，不是說好要和平共處嗎？」萊特拉開兩人，他四處張望，隨手就從角落根本不會有人發現的花瓶裡拿出火柴和火種。他順手將壁爐升起，沒幾下就燃起火來。

室內一下子溫暖許多，連一直東挑西揀，到處找柯羅和綿羊麻煩的賽勒也在室內暖和後明顯地放鬆下來。

原來蠍子怕冷嗎？萊特心想。

「所以……這就是你的能力？」賽勒忽然看向萊特，一副很有興趣的模樣。「幸運、心想事成、什麼都能矇到？」

喔不，看來不是怕冷，只是個性很差勁而已。萊特心想，他看著手裡的火柴和火種，發了一下愣才搖頭，「不，我只是覺得這裡我好像來過。」

「別謙虛，這是個很好的能力，不知道會有多少能力是預知天氣的巫族羨慕。」

「我沒謙虛，我是說真的。」

放眼望去，小木屋裡的陳設總讓萊特有股強烈的熟悉感，無論是老舊的壁爐、碎花沙發，簡單的餐桌還是小巧的廚房，彷彿他一開始就知道什麼東西擺放在哪裡；還有天花板上像漩渦一樣的木紋，一個、兩個、三個……

萊特抬頭，天花板上還真的有三個像漩渦的木紋，而他明明從進來之後都沒有抬頭看過。

慢著……他可能真的曾經來過這個地方，只是忘了而已！

意識到這件事的萊特張大眼，轉頭看向小木屋內的其中一間房，不顧眾人奇怪的目光，他從一旁的燭臺內撿起一串老舊的鑰匙，上前逕直打開房門。門後是一間臥室，臥室裡除了一張雙人床之外，還有一張嬰兒搖籃。

萊特上前，輕輕推動那張嬰兒搖籃，他腦海裡浮現出金髮女巫邊搖著這張嬰兒床邊微笑的模樣，而旁邊站著一位有著一雙藍眼睛的教士。

站在教士所站的位置，萊特和他腦海裡的教士重疊在一起，他們有雙一模一樣的藍眼睛。

「萊特？」

「我來過這裡……」萊特看向柯羅，「我很確定。」

「你不是說，是你那沒良心搞大女巫肚子的老爸的靈魂指示你來的嗎？」賽勒問，這次換柯羅肘擊了他一下。

「不只如此，我想我是在這裡出生的，我只是……遺忘了很久。」萊特說。

賽勒用看神經病一樣的眼神看著萊特，直到臉色蒼白拄著手杖走進來的絲蘭開口詢問：「你的意思是，丹德莉恩當初是在這裡生下你的？」

萊特點頭，因為這個房間，這張嬰兒床，不只是讓他感到熟悉而已，他曾經在夢境裡、在地獄裡都看過這幅景象。

並沒有嘲諷或是反駁，絲蘭按著腹部一臉沉重地說道：「在懷上你後，丹德莉恩曾經逃亡過一段時間，這裡可能是她和昆廷曾經落腳過的地方之一；確實，我們也不知道你是在哪裡被生出來的，所以這裡的確很有可能是你出生的地方。」

當年丹德莉恩在死前告訴哈洛．蕭伍德的祕密，或許根本不是什麼孩子死了，而是孩子藏匿在哪裡。

最後哈洛．蕭伍德來到這裡，帶走昆廷和萊特，違背他應當對世人誠實以對的教義，隱瞞整座靈郡，讓女巫的孩子變成了教士的孩子，永遠藏匿在自己身邊。

哈洛．蕭伍德可能以為這計畫萬無一失吧？絲蘭凝視著正在輕輕搖晃著嬰兒床的萊特。

「在昆廷離開教廷之後一直沒人能找到他，他沒在親戚那裡，也沒在靈郡，所以他最後可能又回到了這裡。」

「但是什麼原因讓他忽然決定離開？」這是萊特一直以來的疑問，隨後他想起了父親的靈魂在地獄邊緣裡讓他看到的那些景象——一臉歉意的爺爺，三角形的聚魔盒，以及正在啜泣的達莉亞……

「是因為母親的贈禮嗎？」

面對萊特的疑問，絲蘭握緊了按在腹部上的手。

察覺絲蘭可能知道些什麼，萊特又繼續追問：「母親的贈禮和大女巫的聚魔盒有關係嗎？」

他的問題引起了柯羅和賽勒的注意，前者皺起眉頭，後者則是一臉好奇。

萊特解釋道：「在地獄邊緣時，昆廷除了給我看了這裡的景象，還給我看了一個長得很特別的三角形聚魔盒，所以我在猜那會不會是……」

「不可能，除非有另外一個聚魔盒。」柯羅打斷萊特的猜測，回答得斬釘截鐵。

萊特看向柯羅，表示困惑地歪著腦袋，絲蘭卻認可了柯羅的說法，

「不，我想『母親的贈禮』指的不是達莉亞的聚魔盒。」

絲蘭看著萊特，幾度欲言又止。

「哈洛的日記……你們讀完了嗎？」絲蘭問。

柯羅和萊特互看一眼，兩人同時搖頭，在找到哈洛的日記之後發生太多事，他們根本還沒時間翻閱。萊特搜尋起自己身上的日記本，卻空無一物。

「在我這裡。」柯羅說。在萊特受傷治療期間他一直保管著日記，他伸手往大衣口袋裡一摸，卻什麼也沒摸到。

所有人一轉頭，賽勒不知道什麼時候已經將哈洛的日記本拿在手上了，因為柯羅的大衣一直披在他身上。

「還來！」

「別這樣，我們是命運共同體了不是嗎？有祕密就該一起分享，你覺得你們現在還有什麼事是我不知道的嗎？」賽勒讓日記本像籃球一樣在指尖上旋轉，沒讓柯羅有機會抓到。

絲蘭輕嘆一聲，木屋內的蜘蛛們忽然全數跑出，從賽勒手上奪下日記本，並且在他們面前攤開最重要的那幾頁。

「萊特、柯羅。」絲蘭的呼喚讓所有人安靜下來，他一臉沉重，「你們要有心理準備，因為接下來我要告訴你們的事情可能不會讓你們太高興。」

萊特沒有說話，他和柯羅默默地看著日記上畫著的聚魔盒模型，兩人都知道有什麼事情不對勁。

「哈洛……前任的獅派大主教，可能不像你們所想像的那樣正直無辜。」

CHAPTER

2

真相

爺爺在萊特的記憶裡一直是個和藹正直的人。

他們過了幾年不長、但是很愉快平靜的日子，爺爺一直是家裡最疼他的人；然而爺爺日記裡記錄的自己，卻是與萊特記憶裡完全相反的另一個人。

比起那個時常牽著他的手去湖邊散步、溫暖得像陽光一樣的爺爺，真正的爺爺會不會更偏近那個讓自己在湖中泡了七天七夜，祈求著使魔進入，最後化作一灘像泡芙一樣冰冷屍體的愚昧之人？

「這真是我看過最精彩的八卦了。」

賽勒坐在壁爐旁邊一頁一頁地翻著哈洛的日記，就差沒翹著小拇指喝茶。

萊特和柯羅分別坐在一旁，兩人都沒說話，只是靜靜地看著壁爐裡的火光出神。

「你爺爺還真是個瘋狂的傢伙，用你死去母親的子宮試驗聚魔盒，最後又成了白衣泡芙主教……比我們那個歇斯底里的老媽還瘋。」賽勒看向萊特，語氣不知道是讚賞還是嘲諷。

「可以麻煩你閉上嘴嗎？兩秒也好。」絲蘭獨自坐在沙發上，蜘蛛們散落在他腳邊，看上去很沒精神。

好不容易，賽勒才終於願意閉上嘴。

有好一陣子，小木屋裡只剩爐火燃燒和賽勒翻閱日記的聲音，直到萊特終於願意開口說話。

「我一直以來都對白衣泡芙主教事件避而不談，有個原因是因為我也不知道為什麼爺爺要這麼做。」萊特把臉埋進掌心，他皺起眉頭，自己也陷入深深的疑惑。「爺爺是個很好的人，但過了某個時間點後，他就開始痴迷於讓使魔另外保存這件事。」

大約也是從日記上他考慮要利用死去的丹德莉恩的子宮做出聚魔盒後不久，哈洛就開始進行普通人是否能容納使魔的研究，最後導致了白衣泡芙主教事件的發生。

「所以外界傳聞的獅派大主教因為太過親近巫族，最終走火入魔這件事，並非完全是空穴來風。」賽勒說。

柯羅瞪了賽勒一眼，賽勒聳肩，一臉不在乎。

「我還記得我站在湖邊，看著湖泊裡的屍體，心裡想著……那根本不是我爺爺。」

萊特盯著壁爐不動，「我知道他很痴迷於女巫的族群和文化，卻不知道他會痴迷到用自己做實驗，甚至走火入魔到利用我母親的遺體做出聚魔盒這種實驗……」

萊特低落地盯著自己的影子，他的影子和柯羅的影子依偎在一起，可是他此刻感覺到的只有滿滿的罪惡感和無助。他看向柯羅，一臉歉疚地說了聲：「對不起。」

絲蘭也看向柯羅，情緒跟著緊繃起來，他擔心柯羅會有很激烈的反應。

然而柯羅只是語氣平靜地詢問：「為了什麼？」

「如果爺爺沒讓波菲斯有機會研究女巫的聚魔盒的話，達莉亞可能也不會……」

「如果你爺爺沒這麼做，我相信繼任的鷹派大主教也會這麼做，打從波菲斯提出這個想法之後，這就是命中註定的事情。」柯羅說，「更何況你爺爺做的事情也跟你沒關係，你不需要為沒做的事道歉。」

猶豫幾秒，柯羅僵硬地伸出手去拍拍萊特的腦袋。他不常當安撫人那方，安撫人時也怪彆扭的，不過為了萊特他會去嘗試。

柯羅不知道自己出乎意料的反應讓沙發上的絲蘭稍微鬆了口氣。

絲蘭凝望著萊特和柯羅，他們兩人依偎在一起的模樣，讓他想起了從前的丹德莉恩和達莉亞，她們也總是玩在一起。

或許真的是命中註定吧？絲蘭嘆息，腹部忽然傳上來的抽痛讓他顰眉，但他選擇忽視。

「我不認為哈洛是真的走火入魔。」

萊特抬頭看向開口的絲蘭。

「哈洛這人偽善歸偽善，卻也不至於是為了政治鬥爭或是獲取最大的力量才這麼做。會做出這些蠢事，我認為更可能是為了保護你吧？」絲蘭連呼吸都開始變得急促。

「你還好嗎？絲蘭先生。」

絲蘭繼續說：「如果能辦到用聚魔盒或自身的力量關住丹德莉恩想給你的贈禮，或許你就能一輩子以教士的身分生活下去，不會因為教廷那些愚蠢的規定而受到迫害。」

絲蘭的話讓萊特想起在地獄邊緣的最後，昆廷向他傳達的歉意，那個黑色的靈魂也是這麼對著他說，說他只是想保護他。

「為了這個理由，卻做出這種讓人難以接受的事情嗎？」

「或許他自己也接受不了，所以最後才會落得泡在湖裡面目全非的下場吧。」絲蘭垂下眼眸，手指幾乎掐進腹肉之內。

他們沒有人知道當年的哈洛在想什麼，也無從得知。

「不過大主教死後，也沒有發現什麼聚魔盒的存在吧？」賽勒插話，「日記裡記載了丹德莉恩的聚魔盒失蹤，萊特的幻象裡又看見昆廷和聚魔盒……假設如柯羅所說的，那個聚魔盒指的不是達莉亞的聚魔盒，那麼昆廷是帶著丹德莉恩的聚魔盒來到了這裡？」

絲蘭沒有否認賽勒的推測。

「因為昆廷沒有能力靠凡人之軀禁錮使魔，他父親已經示範過下場會是怎樣了，但為了讓孩子繼續隱藏身分，他只好帶走了戀人的子宮和她對孩子的贈禮……」賽勒看著萊特，得意洋洋地笑著，「神聖的大女巫啊，我之後應該可以去開偵探社。」

事情到這裡就釐清了，雖然還沒有證據能證明他的理論。賽勒心想，不過有個陌生的使魔可能與他們共處一室，這件事讓人興奮難耐。

「你們想要打工的話我可以提供職位。」

「閉嘴啦！賽勒。」

「不，賽勒說的不是沒有可能……」萊特阻止正要衝上去暴揍賽勒一頓的柯羅。

如果賽勒的推測是正確的話，那麼就能解釋爺爺和昆廷一直以來都令人困惑的自我毀滅行為了。只是……所謂的「為了保護他」，所付出的代價竟然如此大嗎？

萊特沉下臉，身旁卻忽然發出巨響。

不知為何，絲蘭從沙發上摔了下去，並且整個人倒地。他的蜘蛛們試圖要托住他，反應卻比平常還要緩慢。

「絲蘭先生！」

萊特眼明手快地衝上前扶起絲蘭。

絲蘭虛弱地在萊特懷裡掙扎，他整個人一下子急速老化，一下子又變得非常年幼，形體極度混亂地變化著。

「沒、沒事，我只是……太累……唔啊！」絲蘭逞強地說道，口中卻接連不斷發出痛苦的呻吟。

萊特撫摸過絲蘭的臉，絲蘭的身體異常冰冷，臉色也相當蒼白。他總覺得有什麼地方不對勁，絲蘭這次的發作和平常不太一樣。

「榭汀的藥……萊特，快找找他口袋！」

柯羅上前，開始和萊特一同在絲蘭的口袋裡尋找，一陣忙亂之後，他們只在年長男巫的懷裡找到幾瓶剩餘的藥水。

去女巫地牢劫獄時，他們並沒有料到伊甸會在場，絲蘭身上攜帶的藥水並不足以支撐幾天，可是他們也別無選擇了。

萊特和柯羅合力讓絲蘭喝下剩下的藥水，期望這能讓他稍微舒緩些；然而幾瓶藥水下肚之後，雖然已經沒有像剛才那樣痛苦到臉部扭曲，絲蘭的身體卻依舊冰冷，額際開始微微冒起冷汗來。

絲蘭的身體停止變化，最後卻定型在他們最初見到他的模樣，像個十歲多的年幼孩子，只是臉色卻沒有那個年紀的孩子應有的紅潤。

「絲蘭先生？」萊特輕拍絲蘭的臉頰，絲蘭卻沒有回應，他陷入沉睡之中。

地面上的蜘蛛們頹靡地散開，紛紛退回房間內的各個角落。

他們合力將絲蘭搬上沙發，找出所有能用的毯子，試著讓絲蘭更舒適地躺著休息。

這是他們現在唯一能做的事了……

萊特眉頭深鎖，「要是榭汀和鹿學長也在就好了，他們一定知道該怎麼辦。」

可惜的是，他們現在完全和黑萊塔內斷了聯絡。劫獄後靈郡一定正對他們採取全城通緝，要回去尋求榭汀的幫助對他們來說風險太高；更何況，榭汀他們現在可能也正處在自身難保的狀態。

「說到這……真希望榭汀和鹿學長沒有被我們的行動波及，不知道他們現在怎麼了。」

「別擔心，榭汀那傢伙比你想像的更奸詐狡猾，我相信他能想辦法脫身。」柯羅輕聲安慰，「至於絲蘭，也許只是藥效沒這麼快發作而已，先讓他休息，我們再觀察看看。」

萊特點點頭，神情這才稍微放鬆下來。

「抱歉，一直讓你安慰我，今天一整天發生這麼多事，你身上還有傷，一定很累了。」

「我想我們都很累吧？」

萊特和柯羅看向對方，兩人身上都狼狽不堪，更不用說站在一旁的賽勒。

「看什麼看？沒看過裸體？」賽勒很不爽。

萊特和柯羅搖搖頭，覺得荒唐之餘，兩人卻都累到笑不太出來。

也許他們是真的該休息了。

「我替你在屋裡找看看有沒有舊衣服先將就著穿，然後大家先準備休息吧？其他的事明天再來煩惱。」

萊特說，轉身就進房間內替賽勒找衣服。

柯羅看著萊特的背影，他不適地輕按腹部。

我呢？

你也要等明天再處理我嗎？

蝕的聲音又回來了……

約書的辦公室內。

戴著假髮的兩坨巨大白蘿蔔泥溼答答地癱坐在地上，像融化的雪人般，它們不斷溢出白色的水，斷手斷腳。

榭汀就坐在兩具白蘿蔔人身旁喝著茶，一臉悠哉；丹鹿坐在旁邊卻顯得焦躁不安，而他的焦躁可能是來自於旁邊那些團團圍繞著他們、高舉手中槍械的鷹派士兵，以及坐在辦公桌前眉頭深鎖的約書。

萊特他們去劫獄後，榭汀和丹鹿遲遲等不到他們返回，結果人還沒回來，他們劫獄的事情竟然先一步曝光傳回了黑萊塔。

幾乎在同一時間，他們為了掩人耳目而做出來的萊特和絲蘭假人也開始發臭潰堤。

罪證確鑿，於是就演變成了現在的局面……

「每一次回到黑萊塔，我都要處理新的問題，我在想，我是不是應該住下來算了。」約書嘆息，沉默許久後終於開口質問：「是你們兩個協助他們去劫獄的嗎？」

丹鹿看了榭汀一眼，榭汀慢悠悠地放下茶杯，一臉堅定，「和我們沒有關係。」

「這兩個白蘿蔔人不是從你溫室裡被種出來的？」

「是從我的溫室裡被種出來的沒錯，不過跟我們沒有關係。」

「你要不要聽聽看自己在說什麼？」

「我是說真的，萊特和絲蘭看過我是怎麼種出替代的假人，所以他們依樣畫葫蘆弄出了兩隻，放在那裡搪塞我們所有人。」榭汀的謊話俐落流暢。

「你們怎麼可能不知道？」

「我們真的不知道，不信你問鹿鹿，他最不會說謊了。」

眾人齊齊看向丹鹿，丹鹿冷汗直冒，他確實很不會說謊。

「說謊和隱瞞教廷是很嚴重的罪行，更是違背了你的信仰，不是扣扣經費或加重文書作業就能解決的事情，我希望你知道這點，丹鹿。」約書沉聲道，凝視著丹鹿。

丹鹿吞了口唾沫，他放在膝蓋上的雙手緊握成拳頭。

「我……我們真的不知道，就像榭汀說的那樣，等我們回過神來，原本在那裡坐得好好的絲蘭和萊特就變成了蘿蔔泥。」丹鹿謊話說得臉不紅氣不喘，異常順暢。

好在他們在被壓來這裡之前，榭汀就給他灌了點用顛茄女士們的血和祝福混合成的詭異藥水——沒良心。

對，沒良心是藥水的名字，據貓先生的說法，這種藥水會消除一個人的罪惡感，而這正是丹鹿現在最需要被泯滅的情緒。

他當然明白約書話裡的嚴重性，說謊不只是扣薪，他們還有可能被革職，更別提背離自己信仰這件事。

不過早在萊特計畫要劫獄時就和他們就討論過了——萬一劫獄真的失敗，榭汀和丹鹿必須假裝和這件事完全沒有關係，撇清責任。

一開始丹鹿並不同意，他甚至想跟著萊特他們一起去劫獄。不過榭汀說服了他，如果真的想為萊特提供幫助，那他們必須安然無恙地在黑萊塔內繼續做內應，以備不時之需。

現在他們不能反過來成為萊特他們的負擔。

所以……只能抱歉了，良心、信仰還有薪水。

「少跟我胡說八道！萊特他們到底在想什麼？你們知不知道劫獄是很嚴重的事，他們現在和瑞文一樣已經全部成為通緝犯了，你們怎麼能讓他們去做這麼蠢的事情！」

約書一拳敲在桌上，丹鹿第一次看到大學長這麼生氣。

「我說了我們沒有。」榭汀一口咬定。

「你們……」

「我知道你在擔心他們，不過事情已經發展成這樣了，把我們也牽扯下去沒有好處。」榭汀說，他盯著約書，瞳孔像貓咪一樣縮起。「別忘了我們現在是你在黑萊塔內唯一的盟友，你的士兵們還要靠我醫治或靠我去尋找，我聽說有幾個傢伙直接失蹤了不是嗎？」

榭汀說到了重點。

「他們不是士兵，是教士。」約書糾正。

「他們正在外頭四處獵殺女巫，士兵和教士有差嗎？」榭汀微笑道。

瑞文的回歸讓教廷對流浪巫族重新採取更強硬的獵捕手段，他們正大量地攻擊並逮捕這些多年來都和靈郡居民相安無事的巫族，並且準備對他們進行異端審判，就怕其中有人是瑞文的同伴。

不管是不是真的和瑞文有關係，在這樣的政策下，卻也讓流浪巫族們開始激烈反抗，教廷現在每天都必須派出大量的教士去處理那些動亂。

雪上加霜的是，在朱諾的幫助下，他們遲遲找不到瑞文究竟藏匿在哪裡。每天只有不斷新增的受害者和燃燒的房子。

瑞文躲起來了，不知道在進行什麼計謀，威廉也依舊下落不明。

教廷一無所獲，傷兵倒是增加了不少。

「別忘記如果他們中了巫術、被變成金魚、精神錯亂、身上有什麼重要部位不見，或整個人都不見，現在統統都要靠我解決。」榭汀說。

這人真的是很會講價啊。丹鹿看著榭汀，平常他會吐槽，但他現在是沒有良心的人，所以……

「請相信我們，我們真的不知道。」丹鹿一臉正經八百。

雖然看約書的表情就知道他一點也不相信他們，不過當其他鷹派教士們威脅意味濃厚地迫近時，約書還是出聲替他們緩頰。

「你們其他人都先退下吧，不需要把他們當犯人一樣看待，小心你們受傷的時候他真的不爲你們。」

幾名鷹派教士面面相覷，最後還是按照約書的意思退下。

只剩下他們之後，約書的神情才稍微緩和，但依舊堆疊著滿滿的無奈，「你們這樣真的讓我很難做人。」

「但你自己也很清楚，教廷對柯羅的關押根本沒有道理。」榭汀說，「這次是柯羅，下次呢？萊特他們會這麼做不是沒有原因的，誰知道現在不去救他，柯羅還有沒有機會出來。」

「可是弄成現在這樣有比較好嗎？他們此刻全部都被通緝，整座黑萊塔已經分崩離析，你們應該等我去……」

「等得了嗎？」榭汀打斷約書的話，語氣冷峻，「這話你要不要去跟伊甸說。」

榭汀的一句話讓約書臉色凝重，眉頭深鎖，可惜榭汀還不打算停止。

「我聽說劫獄會這麼快被發現就是因為伊甸也在場。我問你，他在那裡做什麼呢？」

約書答不上來，這件事他也是不久前才聽說的，他根本不知道他的搭檔當時人在女巫地牢。

「我知道你很為難，你待在一個很尷尬的位置，上面有你父親、有鷹派教士，同時你又是黑萊塔的主督導教士……但是，拜託，我印象裡的你不是這麼差勁的鷹派。」

「你想說什麼，榭汀。」

「不要也和你的搭檔一樣成為教廷的武器，我們不是敵人。」

「我沒有說你們是敵人，只是……」

約書還想說什麼，但最後只是發出嘆息。

「算了，你們下去吧，我會跟上面報告你們不知情。不過教廷已經下令，最近你們都被禁足，不許踏出黑萊塔一步。」約書妥協道。

「這不是變相的監禁嗎？」

「不要討價還價，榭汀，待在黑萊塔而不是女巫地牢對你們來說已經是恩惠了……還是你和丹鹿也想要成為教廷的武器，跟著我去外面追捕我們的同伴？」約書把話說得很酸，顯然是對榭汀剛才的話有所不滿。

「不，不需要，我們乖乖待在這裡就是了。」榭汀把丹鹿從座位上拎起，他必須在藥效退去、丹鹿開始說真話前把人帶走。只是臨走前他還是忍不住開口：「如果柯羅他們被抓到，你知道教廷會怎麼處理他們。」

意有所指地丟下這句話後，榭汀拎著丹鹿離開，留下約書一人獨自待在辦公室內。

約書看著逐漸變得昏暗的天色，像洩了氣的皮球一樣往後靠坐在辦公椅上。

電腦上和手機裡不斷跳出工作訊息，但他一則都不想回覆。

從大衣裡抽出上頭有著銜蛇圖案的平板，伊甸的事典上毫無相關訊息跳出。

約書一頁一頁地翻著從前的紀錄，伊甸向來是個標準的模範生，他們出任務時他總是能按照原定計畫完美達成目標，他們一直是一對合作無間的搭檔……

在升任黑萊塔的主督導教士前，約書曾經想過，如果一輩子都能和伊甸這樣鬥嘴下去，沒事外出解決點小案件，雖然薪水可能不多，但日子大概也比現在還要愜意。

看著事典裡頭這些年來的照片，從他們還很青澀的年紀到現在，伊甸的神情也從以前的柔和溫文變得越來越冷漠嚴肅。

每一次，在召喚出利維坦之後，他都會變得更不一樣。

約書默默地看著最後一張，臉上還算有著一點真誠微笑的照片。他垂下眼眸，傳訊息給伊甸：**我們需要談談**。

伊甸沒有馬上讀取他的訊息，他差不多也習慣他們之間的聯繫不再如以往緊密了。關掉事典，約書抬起頭面對空蕩蕩的辦公室。

沒有伊甸在旁邊敲敲打打、琢磨著新的巫器，也沒有萊特和丹鹿帶著他們的男巫在前面哭哭啼啼著經費不夠。

約書還以為自己會很享受這種以前求之不得、平靜又孤單的獨處時光……他還以為。

黑萊塔還有機會恢復成往常那樣嗎？
或是會像伊甸那樣，一切已經不可逆轉。
約書盯著天花板嘆息。

CHAPTER 3

贈禮儀式

屍體泡在水裡，腫脹得像顆巨大泡芙，浮腫的白色肉塊剝落，隨著湖水在湖面上飄蕩。

那怎麼可能是爺爺？年幼的萊特心想。

父親在湖邊啜泣，母親站在一旁，沉默地注視著湖上的屍體、注視著他，彷彿她早知道事情會這樣發生，而一切問題的源頭都在他身上。

湖中的屍體陌生得讓萊特害怕，於是不顧母親責備的眼神，他飛奔去父母身邊，伸長手希望能獲得擁抱及安慰。

然而父母卻一把將他推開，他們憤怒地望著他，紛紛伸出手指著他問：昆廷去哪裡了？昆廷呢？你是不是知道他去哪裡了？

我不知道。萊特想大叫卻喊不出口，他被逼得不斷後退，卻一腳踏進冰冷的湖水之中。

萊特轉身，發現因為他的侵擾，湖裡的白色團塊逐漸匯合成一團，變得巨大而駭人。一根如枯骨般的手從那溼軟沉重的灰白色肉團內伸出來，尖銳的枯指戳向他的腹部。

那團可怕的東西發出了爺爺的聲音：你明明知道他在哪裡，他帶走了你母親的贈禮。

萊特搖頭，卻始終發不出聲。他動彈不得，戳著他腹部的指頭越發用力，指尖戳穿他的肚皮，捅進他的體內，痛得他淚流滿面。

「萊特，快醒醒！」

有個聲音在他耳邊響盪，又遠又近，可是萊特實在是太痛了，無暇顧及那個聲音正在說什麼。

我們只是想保護你。

白色的團塊這麼說，整隻手卻持續戳入他的肚皮，像是緩慢地想爬進他腹部內似的。

萊特終於忍無可忍，他大聲尖叫，緊緊抓住那隻探進他腹部的手。

「喂！放手！」

又有另外的聲音大喊。

在萊特的放聲尖叫下，可怕的白色團塊終於退下消失，周圍變得一片黑暗。驚魂未定的他四處張望，卻被下一秒出現在他身後的紅髮女人嚇了一大跳。

擦著豔紅色唇膏的紅髮女人就站在他身後大笑著，她的左手心裡握著一條正在瘋狂跳動的暹羅魚，指著他說：你們最終必須淘汰一個。

萊特無法理解她的意思，順著女人的視線，他後知後覺地往自己身後望去。

少年時期的賽勒和朱諾站在一起，他們緊握著對方的手，神情緊張地盯著他看，彷彿他是什麼可怕的怪物一樣。

還沒來得及開口解釋任何事情，女人便越過萊特向前走去。而萊特就像被女人牽起手來，他的雙手被強制跟著女人一起移動，和她一起抓住驚恐的賽勒。

就是你了。女人說。

萊特看著女人將暹羅魚一口吞掉，隨後她掐著賽勒的肩膀，接著伸手往自己的肚子裡掏，動作激烈又殘忍，像是不顧一切地要把所有內臟都掏出來。

不要！母親！雙子同時對著女人大喊。

閉嘴！安靜接受我的贈禮。但女人只是哭叫著要他們就範。

「神聖的大女巫啊，你必須停下來！」有個聲音插進來提醒萊特。

萊特沒有理會，因為他正忙著阻止女人將自己的內臟掏出。他拉住女人的手，卻見到女人從肚子裡拉出一團黑影。

「再這樣下去我們三個都……」

「萊特！不要！」

萊特拉著女人的手，黑影不斷湧出，像洪水一樣侵襲他。

等萊特回過神來時，他發現自己躺在一灘黑色的水上，而那團襲擊他的黑影這次化作了一個女人，一個他再熟悉不過的女人。

女人的長髮就像他印象裡的那樣，如同黑色瀑布般向下流洩，只是她原本豐潤美麗的容顏此刻變得蒼白又枯瘦。她不斷流著淚，嘴裡一直喊著些什麼。

萊特試圖仔細去聽，但坐在他身上壓制著他的瘦弱女人卻一把掐住他的頸子。

無法呼吸，萊特開始掙扎，有一度他從女人流著淚的眼瞳裡看見了躺在地上的自己；然而她眼裡映射出來的倒影卻不是他，而是年幼並正在嚎啕大哭的柯羅。

而就在這時，萊特也終於聽清楚了女人究竟在說些什麼。

我的小太妃糖……我很抱歉……

但她說過……贈禮必須由你……接受……

女人的眼淚滴到萊特臉上，溫暖而溼潤，不如想像中的冰冷。就像先前的紅髮女人一樣，她也將手戳入自己的腹部內，對自己殘忍又無情地掏挖著。

那團黑影再次被掏出來，這次要塞進萊特的腹部內。

萊特哭叫著，嘴裡發出年幼的柯羅的聲音，他一直喊著：哥哥！瑞文！快來救我……

「拜託你，萊特，快醒醒，我不想要回憶這些。」耳邊的聲音再度傳來，這次萊特認出來了那是誰的聲音。

黑影持續被塞進自己的腹部裡，地面在震動，坐在他身上的女人黑髮在空中飛舞。萊特強迫自己集中精神，告訴自己他現在只是在夢境裡而已，在夢境裡。

「柯……」萊特勉強發出聲音，雙手胡亂在空中抓著，卻抓到一團軟綿綿的東西。

「——咩咩咩咩！」

唐突的羊叫聲四處響起，畫面一轉，萊特猛然又看見自己變成了一頭羊，正埋頭吃著香香的草。只是前面穿著白色教士袍，穿梭在同伴之間一路走向山坡之下的男人引起了牠的注意力。

男人那頭褐髮順著微風飄盪，雙眸在陽光下看起來像湛藍色的大海。

昆廷叔……爸爸？

詫異的萊特從青草間抬起頭來，用牠的四隻羊腿狂奔，一路追隨著男人奔跑下山坡間隱密的小路。

小路前方是一片寬闊的蒲公英田，男人手裡拿著一具老舊的聚魔盒走在花野之中，明明是用非常緩慢的速度在行走，萊特卻還是幾度跟丟了對方的身影。

只是當萊特找不到方向時，偶然一回神，卻又會發現男人就站在前方，時不時回頭望向牠，彷彿在等牠跟上。

萊特拚了老命地追著昆廷，直到他發現自己不知何時又換成了用自己的兩條腿在奔跑。他一邊喊著父親的名字，一邊穿過蒲公英田，一直追到花野盡頭的茂密森林之內。

不遠處出現了一座湖泊，一棵特別顯眼的大樹矗立在湖畔，綠油油的森林內只有那棵樹上長滿黃色和紅色的繁葉。

萊特在大樹下看到了昆廷和丹德莉恩，兩人站在湖邊，手裡還抱著……自己？

看著懷抱著嬰兒的女巫，萊特大聲喊著母親的名字；然而在丹德莉恩來得及轉頭看他一眼之前，他被隆起的樹根絆了一跤，狠狠摔在地上。

等萊特再爬起來時，大樹下就只剩下昆廷一個人站在那裡而已。

父親手裡抱著聚魔盒，看了他一眼，隨後眺望著腳下。

萊特跟著往地上看去，只有幾顆形狀特別的黑色石頭堆疊在上面而已，那甚至不是一座正規的墳墓……可是萊特就是有預感，父親把自己埋在泥土之下，帶著母親的贈禮。

萊特再次抬起眼想和父親確認，可是這一抬頭，站在同個地方的人卻不是父親，而是穿著一身黑袍的……

瑞文？

「爸！」

萊特驚醒，從地板上彈坐起身。

驚魂未定的他看著正團團圍著他、半跪在他身邊的柯羅和賽勒，他只是愣愣地說了句：「我做了個好奇怪的惡夢。」

「我們知道，你夢到了我們。」賽勒一臉不爽地翻著白眼，他身旁的柯羅則是看著他一臉擔憂。

「你、你們為什麼會知道？」萊特不明所以，更讓他困惑的是……小屋裡不知何時闖進了一堆綿羊，擠著他們一起窩在壁爐前取暖。

萊特看著自己的手，他的手正抓在一隻皮毛豐潤的可憐綿羊身上。綿羊咩咩叫，眼裡蓄滿淚水。

「你把你的夢傳染給我們，還入侵到我們的夢裡。」賽勒說。

「什麼？可是……怎麼會？」萊特一頭霧水。

他望向窗外，此刻的小木屋外一片霧濛濛，天色漸亮，但依然像剛入黑夜般昏暗。絲蘭也還躺在沙發上，睡得深沉。

「你的惡夢讓我和賽勒驚醒，我們試著要把你叫起來，但你抓住我們兩個，然後……」柯羅沒有繼續說下去。

「然後你逼我們也做惡夢。」賽勒補充。

「我？」

「你那坨像泡芙一樣的恐怖爺爺，還有你那對沒良心的養父母，記得嗎？」賽勒說，證明他們剛剛確實和萊特共享了夢境。

萊特看向柯羅，柯羅沒說話。

「可是我哪來的能力逼你們……喔。」萊特忽然意識過來，自己現在不是沒有能力的人了。他望著自己的雙手，上面還有綿羊的毛。「我以為我擁有的能力是幸運。」

「巫族本來就不會只有一項能力，有些人同時有很多種能力，差別只在於專不專精而已。」賽勒說，「像我們，我們能轉換空間、操縱心智、入夢或是幻覺，但我的主要能力是幻覺。」

「所以我也可以？」

「魔羊家的專長本來就是入夢或預知之類的，你的幸運是附加的，我認為你在入夢這塊可能更強大。」賽勒可是因此吃過不少次虧。

「那剛剛的都只是我們的惡夢而已？」萊特看向自己身旁已經開始打盹起來的綿羊，「還有綿羊的惡夢？」

「不完全是。」柯羅卻說。

「你剛剛逼我們做的惡夢，是讓我們回顧過去記憶裡某個不好的片段，而且正好都是挑母親對我們的贈禮儀式。」賽勒說。

「母親的贈禮儀式？」萊特不懂。

「你好像個涉世未深的小處男。」賽勒嘲諷，被柯羅一把推開。

「所謂的『母親的贈禮』是種儀式，大部分巫族都會有類似的經驗。」柯羅解釋。此時壁爐裡的柴火已經只剩幾絲星火燃燒，他問萊特：「你知道使魔的由來和歷史嗎？」

萊特點頭。

傳說中使魔是由森林裡的動物靈魂轉變成魔鬼而來，被獵殺的女巫們逃入森林內，垂死之際和這些森林裡的魔鬼締約，由女巫提供巢穴，使魔提供力量，她們將可以共同強大。

「最原始的使魔來自森林，但近代巫族獲得使魔的方式大部分是來自於我們的父母；使魔變成了一項傳承，當巫族們認為子嗣有能力承接使魔時，她們便會將使魔當作贈禮，塞進子嗣的腹部之中。」柯羅說，「那項儀式就被稱為『母親的贈禮』。」

「所以我在夢裡看到的……」

「沒錯，那是我們接受母親贈禮時的記憶。」柯羅低下頭去。

萊特還記得柯羅在夢中一直喊著要他停下夢境的哀求。

雖然「母親的贈禮」聽起來像是場溫馨的儀式，但無論是賽勒還是柯羅，他們對於母親贈禮的回憶絕對都稱不上是愉快或喜悅。

「不像表面上聽起來這麼美好是嗎？」賽勒挑眉，彷彿早看透了萊特的想法。「使魔本身就是把雙面刃，獲得的過程當然會有代價。同樣的，使用也是。」

嘻嘻。

柯羅的腹部裡發出笑聲，他下意識掩住腹部，即使除了他自己無人能聽見使魔的笑聲。

「你們沒考慮過乾脆……不要承接使魔嗎？」萊特問。一切的壞事似乎都是因使魔而起，無論是極鴉家的瘋狂、黑萊塔的分崩離析或是他父母的死亡。

「放棄使魔？」賽勒笑出聲來，近乎歇斯底里，「你以為放棄使魔之後我們就能幸福快樂嗎？要不要看看我失去使魔之後變成怎樣了？」

賽勒指著自己，要不是他們在小木屋裡翻到了幾件舊衣物，他到現在還是赤身裸體。雖然穿著淑女式的襯衫似乎沒好到哪裡去。

「使魔對巫族而言是力量，體內的使魔越強大，我們的巫力也會越強大。」柯羅說。

「所以只要沒了使魔……」

「我們的巫力也會跟著減弱，這就是朱諾為什麼要從我身上奪走瑟兒的緣故，因為使魔才是最重要的。」賽勒說，「沒有使魔，我就是弱的那個，該被剷除的那個。」

賽勒的話讓所有人沉默，萊特一臉同情地看著賽勒，直到賽勒故態復萌地用那種無所謂的表情說道：「同情我，就給我錢，然後帶我去最近的訂製西裝店，至少在朱諾殺死我之前我身上要穿一件得體的衣服。」

「沒有人會死。」

柯羅瞪了賽勒一眼，賽勒一副不以為然的樣子。

「很抱歉我連累你們進入了惡夢之中。」萊特說，他看著自己的雙手。

「我還不太確定這是怎麼發生、怎樣發生的。」

「在這之前你根本不知道你有巫族血統，在無人引導的狀態下你的發育可能也比較晚。就像是個青春期很晚才來的處男，你的巫力正在覺醒，到處亂射，就和射……」

柯羅打斷賽勒不太妥當的比喻，「你需要一點時間去掌握，不用急，我也花了很多時間。」他這麼安慰萊特，雖然他根本不確定自己有沒有資格安慰萊特，畢竟他也還在學習著怎麼駕馭自己的巫術而不失控。

萊特點頭，還沒說話，倒是旁邊的綿羊委屈地咩了聲。萊特順便轉過頭去，有禮貌地對著綿羊道歉：「抱歉，連妳和妳的同伴也被捲進來了。」

那隻母綿羊只是一臉羞怯地咩咩叫著，木屋外的綿羊也跟著喊叫。

「說到這個……」賽勒挑眉，視線來回看著萊特和他掌下的那隻羊，他瞇起眼來。「你的夢境或許也不全然是偶然發生的壞事，至少最後一個變成羊的夢可能幫了我們大忙。」

萊特和柯羅齊齊抬頭，還沒從各自的思緒中反應過來，只是愣愣地看向賽勒。

「你們真的是兩個蠢蛋，想想，萊特，最終到底是什麼事情把我們引導來這個陌生的地方？為什麼你的潛意識會讓你抓著我們，逼我們回憶母親的贈禮儀式？丹德莉恩的亡靈叫你來這裡總不是要你來郊遊的吧？」賽勒說。

「她要我來領取父親帶走的……母親的贈禮。」**使魔**。萊特心想。

「是的，你母親想給你的贈禮，我們也是為了這個目的而來的吧？」

「事實上，一開始只是為了要逃……」

「閉嘴，我說是為了使魔而來就是為了使魔而來。」賽勒一把按住萊特的嘴，「你們仔細想想，如果昆廷真的利用丹德莉恩的聚魔盒將她的贈禮帶來了這裡，等萊特去領取，那對我們來說會是個非常好的好消息。」

「你認為讓萊特領取贈禮會是個好消息？」柯羅似乎不這麼認為。

「當然，不然先前我們在討論什麼？」賽勒沒好氣道，「現在外面大概有一堆教廷的人在追殺我們，我也不認為朱諾在聽到我逃掉的消息之後會就這麼放我離開，他遲早會追上來處理掉我。以我們現在的狀況來說，擁有越多使魔越好。」

賽勒說的道理柯羅不是不明白，他們現在有一個傷兵、沒有使魔的賽勒，還有根本算是手無寸鐵的萊特。現在不論是遇到教廷或是瑞文那伙人，對他們來說都是極度危險的事。

你還有我啊，小太妃糖……

腹部的聲音變大了，像是飢腸轆轆時肚子發出的鼓譟聲。柯羅吞了口唾沫，握緊雙拳，指甲插入了手心之中。

「你的意思是要讓萊特接受母親的贈禮？」

「這不就是我們來這裡的原因？」賽勒一副柯羅在問廢話的模樣。

「但是……」柯羅下意識護在萊特身前，他轉過頭看向萊特，「萊特，你自己剛剛也問過這個問題，所以現在要換我問你。」

「是？」

「如果不接受母親的贈禮，對你來說是不是比較好？」柯羅問。

就在剛剛那一刻，柯羅忽然明白了萊特父親和爺爺的想法。接受母親的贈禮，讓使魔進入體內之後，萊特要面臨的問題只會更多更複雜。

柯羅是最清楚這點的人。

使魔會使巫族強大，也會使巫族腐敗，萊特將和他一樣不斷地聽到來自腹部的聲音，在每一次召喚出使魔之後，接受使魔貪婪且無止境的乞食。

最後萊特很有可能會被吃光殆盡，和他們步上同樣的命運……

「我們不知道那是什麼樣的使魔，有什麼能力，以什麼為食。」柯羅緊握住萊特的手，他不希望萊特和他們一樣最後都被吞噬掉。「萬一……牠和蝕一樣怎麼辦？」

嘻嘻。

「我不希望你遭受我曾經經歷過的一切。」柯羅說，「我想這也是為什麼哈洛．蕭伍德和昆廷寧願走向毀滅，也不願意讓你接受母親贈禮的緣故。」

「柯羅……」

「我不贊同。」賽勒也學柯羅抓住萊特的手，「萊特擁有巫族的血統，還是名門家的血統，接受母親的贈禮是必經過程，再說我們現在絕對需要那隻使魔的加入。」

「不，你明明知道這要付出多少代價。」柯羅堅持道。

「我們現在有得選擇嗎？萬一教廷找上來怎麼辦？萬一瑞文也找上來怎麼辦？」賽勒問。

「那麼我會負責保護我們所有人。」柯羅說。

那麼你必須餵飽我，餵飽……

我餓了，我的小柯羅，你無法再逃避了。

這次我會吃得飽飽的。

「我不在乎……」柯羅不小心說出口來，他很快閉上嘴。

萊特看著他，柯羅不確定他有沒有聽到自己剛剛說的那句話

「不要緊的，柯羅。」萊特反握住柯羅的手，「我知道你很擔心，但賽勒說的不是沒有道理，萬一我們遇到教廷的人或是瑞文呢？只有你一個人應付會非常吃力。」

「我們可以逃……」

「沒有使魔，我們不可能逃一輩子。」賽勒說。

柯羅想反駁，但他自己也明白這是不可能的事。

「柯羅，我們還有很多事必須處理。絲蘭先生現在的狀況不好，威廉也還在瑞文那裡，我們必須把他帶回來。」萊特說，「我的這條命是威廉救回來的，我們不能丟下他一個人繼續迷失在瑞文那裡。」

「可是……」

柯羅還想勸阻萊特，但萊特的心意堅決。

「這是母親的贈禮，是屬於我的東西，你就讓我去找回牠吧。」

「我們不知道會發生什麼事。」

「誰都不知道。」

「但萬一……」

「沒有萬一，因為我知道無論發生什麼事，你都會在旁邊。」萊特看著柯羅，手心緊扣著柯羅的手指。「我相信不管是什麼困難，我們都可以一起度過。記得嗎？我們可是天堂地獄都去過了。」

面對萊特再三的堅持，柯羅看著自己被萊特扣住的手，最後他只能緊緊回握，彷彿一輩子不願意再次放開。

「我們還沒去過天堂吧……」柯羅無奈嘆息，算是同意的意思。

「那……遊樂園？」萊特一臉笑咪咪地胡說八道。

「別廢話了！我們根本都還不知道到底你母親的贈禮是不是真的在這裡。」在自己被煩死之前，賽勒打斷又開始像小情侶一樣，準備說垃圾話說到天亮的萊特和柯羅。「我們現在的首要任務，是要先找出你父親到底把贈禮帶去了哪裡。」

賽勒伸出手指，指著依偎進萊特懷中的那隻母羊。

「而那個，就是線索吧？」

「喔喔喔喔！」萊特和懷中的綿羊一同驚呼，齊齊看向少年偵探魂上身的賽勒，一旁的柯羅白眼翻到天邊去。

「關於你的最後一個夢，是這群綿羊的夢嗎？」

萊特看著綿羊水汪汪的眼睛，他放開柯羅的手，摸了摸綿羊的腦袋。

「我想是的，這是牠們在這裡這麼多年來，整個群體的夢境。」

這群綿羊在母親的贈禮之地已經不知道徘徊了多少年，牠們在這裡生活、繁衍，直到昆廷回到此處之後也一直陪著他，直至他死亡。

「看來這群臭羊會出現在這裡也不完全是偶然，很可能是他們刻意留下的線索……」賽勒往窗外望去，天色漸明，已經隱隱約約能看清楚外面的景色。「如果真的像牠們夢境裡所描述的那樣，有這條通往你父親墓地的道路，或許我們就能找到你母親的贈禮。」

萊特沒有說話，他垂下眼眸，有件事一直讓他感到隱約的不安，那就是夢境中他所看到的最後一幕……為什麼，瑞文會出現在那裡？是他自己的幻覺嗎？或是柯羅的夢境不小心摻進來了？

萊特看向柯羅，柯羅只是一臉不解地望著他，他似乎並沒有在夢境裡看到他所看到的景象。

柯羅再次開口問道：「你確定你真的準備好了？如果你還有任何疑慮，

我們……」

「相信我，我準備好了。」

看見萊特堅持的神情，柯羅不再有異議。

「好吧，但我們要一切小心。」

萊特再次點頭，安撫好柯羅後，他起身查看絲蘭的情況。幾隻綿羊團團圍在絲蘭身邊，像是在替他保暖。

絲蘭稚嫩的臉蛋上沒有什麼血色。

「絲蘭先生？」

萊特試圖喚醒絲蘭，但絲蘭仍然處於昏睡狀態，只是偶爾會夢囈幾聲：

「麥子。」

這讓萊特很過意不去，離開黑萊塔，離開小仙女學姐可能是絲蘭最不願意做的事情，但是為了幫助自己和柯羅，他最後還是不顧代價地陪著他們來了。

輕聲嘆息，萊特低頭親吻絲蘭的額際。

「我們出去尋找母親的贈禮，絲蘭先生你就乖乖待在這裡，我們很快就會回來。你要快點好起來，知道嗎？」

絲蘭沒有回話，羊群們咩咩叫著，蜘蛛們頹靡地躲藏在角落。

CHAPTER 4

騙子與小偷

外頭天色一片昏暗，雨水滴滴答答地落下。

靈郡開始進入一連串溼冷的雨季，即使不遠處的房屋不斷冒出令人心驚膽戰的火光，也沒能讓這種陰暗的天氣多幾分亮度。

靈郡市紛擾動盪，卻沒有影響到將窩藏處轉移到郊區的瑞文一行人。流浪巫族對於教廷新政策的不滿與反撲看來已經讓教士們忙得焦頭爛額，正好也是瑞文想要的結果。

瑞文站在落地窗旁，火光在他眼瞳內隨著黑煙熊熊燃燒，雨滴卻澆熄了他本該喜悅的情緒。

天空上轟隆作響的雷聲讓瑞文的太陽穴突突直跳，耳邊除了雷聲餘音之外，彷彿還有孩子的啜泣聲和母親的哭叫聲。

雨天總會為瑞文帶來過去那些令人不悅的回憶。

曾經光鮮亮麗、熱情大方的大女巫，在被奪去一切、開始出現精神問題之後，也時常在雨天發作。

外面的人都無法理解，當年才十幾歲的瑞文是如何承擔起一切的。

看著原本溫柔活潑的母親披頭散髮地將房屋弄得亂七八糟，四處尋找著她早已被教廷奪走的小女兒，有時候又赤身裸體地站在鏡子前，什麼也不做，就只是沉默地望著鏡中骨瘦如柴的自己，以及腹部上那條明顯的手術傷疤……

母親發狂所帶來的壓力就像薛弗西斯肩上的大石一樣沉重，為了保護年幼的柯羅，瑞文只能獨自撐著這塊巨石推上山坡，祈禱著母親將會好轉，卻又一次次失望地看著巨石滑落。

不只一次，瑞文曾經惡毒地想著，要是母親死掉就好了，如果只有他、柯羅和圖麗一起生活的話，一切就會輕鬆多了……

他可以承接下母親的使魔，尤其是蝕，只要能獲得蝕，他就可以獲得超乎想像的力量。

等他獲得足夠的力量，他就可以帶著柯羅和圖麗一起離開，無論是誰站在面前阻擋，他都會一一鏟除。

所以，只要母親死掉的話……每當達莉亞的狀況變糟，傷害自己或傷害到柯羅的時候，這個念頭就會不斷在瑞文腦海裡盤旋；然而當達莉亞狀況好轉，又恢復成往常那樣，是個會抱著他們、親吻他們的母親時，他又會受到罪惡感的強烈譴責。

你不是真的這樣想，你只是累了而已。

瑞文看著落地窗上的倒影，穿著全白教士服的男人出現在他後方，一臉關心地凝望著他。

即便這麼多年過去了，教士的幻影依然像鬼魂一樣纏著他。

瑞文冷冷地看著教士的倒影，以前他是多麼信任這個溫和恬靜的男人。不像其他對他抱有偏見的教士，他對他是這麼的好、這麼的溫柔，凡事以他為主。

這也是為什麼當他安慰他，說他並不是自己所想的那種人時，瑞文會聽信他的話，並獲得了寬慰……

但隨著時間過去，事實卻證明教士是偽善而虛假的，他所說的一切也都只是謊言而已。

他說過他會一直在他身邊陪伴他，卻選擇在像今天一樣糟糕的雨天離開，連一句話、一張紙條都不留給他，留下他一個人面對發狂的母親、年幼的弟弟，和對他不友善卻又不斷利用他的教廷。

我是真的關心你……倒影又說，那種真摯的語氣觸怒了瑞文。

「騙子！」瑞文對著倒影怒吼，雷聲隨即轟隆而下，即便他知道那只是幻影，他還是忍不住發火。

昆廷．蕭伍德就是個不折不扣的騙子，他說他關心他，卻沒考慮過當他丟下他獨自離開後，他是多麼焦急、多麼無助。

他一直在找昆廷，直到他認清了昆廷所說的一切都是謊話，包括自己不是個惡毒的人這件事。

瑞文還記得，當他發現母親甚至選擇將蝕給柯羅而不是給他時，他有多麼憤怒。發瘋的母親折磨他，讓他獨自承受這麼多的壓力，最後又不將唯一的希望給他，而是給了弟弟……即使他是這麼疼愛柯羅，他也無法容忍，因為他就是個惡毒的人。

所以他跟發狂的母親一樣，將弟弟壓制在地上，掐住他細嫩的頸項，要從他肚子裡把蝕挖出來。

停手吧，瑞文，停手。倒影繼續說。

瑞文沒有理會，他只是反覆回想著自己掐住柯羅的畫面、柯羅的哭臉和柯羅的尖叫聲，然後困惑地想著——真奇怪，他明明只是想保護弟弟而已，為什麼會變成在傷害他呢？

瑞文……瑞文。

但不要緊，他當年只是沒有能力，沒有想清楚要怎麼保護弟弟才會造成那樣的結果；可是現在不同了，他找到了能夠替代蝕的力量，他想出其他能保護柯羅的方法了。

一切都還能挽救。

不，你挽救不了。

所以……

不要繼續傷害他……

「你閉嘴！」瑞文瞪著落地窗倒影裡的昆廷，對方的身影逐漸模糊，像被火融化的蠟，他不再允許他說話。

空氣裡的熱氣蒸騰，燒焦氣味逐漸濃厚，家具都開始燃起星火，瑞文緊握著雙拳。在他差點要燒掉他們的新藏匿處前，溼淋淋的朱諾從門外走了進來。

一堆蠍子跟在後方，牠們簇擁著好幾袋正在蠕動的人形布袋。

「拜託你不要每次雨天就想燒掉新家，我很喜歡這裡。」朱諾擰乾長髮上的水漬，脫下大衣往瑞文走去。「不過如果你想替我烘乾衣服，我會很樂意。」

瑞文深吸一口氣，直到空氣裡的熱度逐漸下降。

「你還好嗎？需要吃藥嗎？還是需要我綁架心理諮商師……」

「不用，我只想知道外面現在狀況如何？」

「和之前差不多，我們巫魔會的伙伴們讓教廷忙得不可開交，你儀式需要用到的東西我也都弄到手了。」朱諾往身後一比。

瑞文看了眼被蠍子們簇擁的人形布袋，布袋裡頭發出了淒厲的哀鳴聲，但很快便因為蠍子們猛烈的針螫而安靜下來。

完全不管布袋裡的東西，朱諾繼續說：「……另外還有個有趣的小道消息。」

「什麼？」

「你知道除了我們之外，現在誰也在被教廷全面通緝嗎？」朱諾笑瞇了眼，從大衣裡拿出一張溼漉漉的通緝令來。

通緝令上的墨水已經糊掉，但依稀還能看清楚頭像。

瑞文的手指撫上柯羅的臉，墨水隨著他的指腹暈染開來，弄糊了隔壁絲蘭和賽勒的頭像，以及最右邊的，萊特的頭像。

「看來有人跟我們一樣壞，幹了更嚴重的大事。」朱諾說。「逃獄，聽起來有沒有很耳熟？你小弟還真是有樣學樣。」

瑞文沒有說話，他看著通緝令上的柯羅，用袖子將紙上的水壓乾。

「不過把你回來的罪怪在他身上、認為你們兩個有私通，這還真像教廷的一貫作風。」朱諾作嘔地翻白眼，「不知道賽勒那傢伙是不是搭順風車跟著跑了？你認為他們幾個現在在一起嗎？」

「你在乎？」瑞文將通緝令摺好，小心翼翼地放進口袋內。

「是啊，雖然該得到的已經都到手了，但知道他還活蹦亂跳地在外面遊蕩，還是讓人不安心。」朱諾把玩著溼潤的長髮，若有所思道，「誰知道他會不會哪天蹦出來螫我一下。我本來還指望教廷幫我處理掉他，但他們竟然連這種小事都辦不好……喂！你有在聽我說話嗎？」

朱諾沒好氣地喚著又開始盯著落地窗看的瑞文。

「聽到了。」瑞文沒事般地說道，眼神冷冽又空洞，「我認為他們幾個應該在一起，因為現在想要遠程移動逃跑都必須依靠絲蘭。」

「有道理，我的兄弟在沒有使魔之後大概也廢掉了。」朱諾把玩指甲，露出得意的笑容。

「如果我們能找到柯羅，我想我們也能抓到賽勒。」

「你打算要找你小弟了？」

「我本來不打算這麼快找他的，但計畫有變，既然他現在正在外面逃亡，帶回他應該會比較容易。」瑞文說。

「你確定？你弟現在可是跟那個教士跟得緊緊的。」

「不確定，他可能會激烈反抗。」瑞文聳肩，他想起萊特，還有萊特那雙和昆廷一樣的藍眼睛。

你當初離開就是為了他嗎？瑞文在心裡問著落地窗上的倒影，倒影沒有回話，只是逐漸淡去。

朱諾皺眉看著落地窗上的玻璃因為忽然升高的熱度而扭曲變形，面對瑞文的反常行為他已經見怪不怪了，但雨天的瑞文總是特別的神經質。

瑞文露出微笑，「但我會想辦法說服他……更何況教士自己應該還有更多需要擔心的事情，教廷會幫我們讓他分心。」

「這倒是。」朱諾說。那麼大一個八卦和醜聞，教廷怎麼可能放過？

「不過在我去找柯羅之前，我們必須先完成手上的事。」瑞文收起笑容，他看向朱諾身後的那些布袋，冷冷地說道：「儀式該進行了。」

「我東西是準備好了，但是我們的粉雪公主……不，我忘記現在不是了。」朱諾搖搖頭，他改口道：「但小青蛙準備好了嗎？」

瑞文保持沉默，從他的反應來看，朱諾推測答案應該不是很理想。

「我們沒有時間等待他準備好了。」瑞文最後只是叮囑：「幫我一個忙，把儀式需要的東西準備好。」

「現在？」

「現在。」

「你還真是不憐香惜玉，現在這個狀況很有可能會要了小青蛙的命。」

「你在乎？」

朱諾頓了頓，隨後他笑出聲來，「知道了，我去準備就是了。」

是時候了，為了柯羅和圖麗，為了整個極鴉家，他必須要和她對話。

瑞文一路前往走廊深處的房間。亞森正好端著食物準備進入房內，一見到他，平常很恭敬的孩子神情立刻變得緊繃起來。

看著這樣的亞森，瑞文並沒有多說什麼，語氣稀鬆平常地詢問：「他還好嗎？有沒有吃東西？」

「抱歉，我試著讓他吃了一點，可是……」

「沒關係，不是你的問題。」瑞文一副了然於心的模樣，轉身就要進入房間。

亞森反射性地拉住他。

「呃，瑞文……」

瑞文凝視著亞森，他伸出手，放到亞森腦袋上輕輕撫摸。他說：「你是個乖孩子，亞森，你很清楚我的規矩。」

亞森原本還想說些什麼，最後卻只是放開了手，滿臉凝聚著擔憂。

瑞文隨後走進房內，床上的少年蜷縮在被褥裡，在看到他進來後更是縮成了一團。瑞文什麼也沒說，他只是靜靜地坐在床沿，對床上的少年伸出手。

威廉下意識地抬手就要護住臉，但瑞文只是伸手撫摸威廉的頭髮而已。

少年過去那頭漂亮的粉紅色長髮已經不復存在，他的頭髮變成又短又毛躁、黯淡無光的淺綠色。而他的使魔大概正在地獄邊緣裡一邊哼著歌，一邊把玩著一頭粉紅色的長髮。

瑞文看著手裡無法盈握的粗糙短髮，輕聲嘆息，「這樣值得嗎？」

威廉盯著他，臉頰瘦削而蒼白，唯一看來精神奕奕的大概只有那雙眼眸。就為了一個教士，愛漂亮的孩子如今成了這副憔悴的模樣。

「真好笑，所有人都是為了他呢……」瑞文喃喃自語，「這就是他的巫術嗎？魅惑？」

「你在……說誰？」威廉問。

瑞文沒有回答，他接過亞森帶來的餐盤反問：「要不要先吃點東西？」

「不要，我沒胃口。」威廉拒絕了。

「先吃點東西對你會比較好。」

「不了……」

威廉還沒說完就看見瑞文變了臉色，餐盤被翻落在地，發出鏗鏘聲響；下一秒，他的頸子忽然被一股力量鎖緊，雙手被反縛壓制在床板上。

房間內原本就昏黃的燈光變得更加陰暗，坐在床沿的瑞文雙瞳在黑暗中散發著一種奇異的血紅色，他身上的黑衣像被火燒灼過般散發著焦苦的氣味。

一股熱風襲上威廉的臉和髮梢，熱氣和掐在喉嚨上的力量讓他無法說話。

「我只是想幫你們，為什麼你們都不懂呢？」瑞文低聲呢喃，彷彿旁邊還有另一個人，而他同時在對他們說話。

「瑞文！」亞森上前想阻止，身體卻硬生生地被釘在原地。

「你忘記你答應過我什麼了嗎，威廉？」瑞文繼續說。

威廉被輕而易舉地從床上抓起，整個身體騰在空中。

「我幫助你、增強你的巫力是希望你能協助我，你卻全部拿去用在萊特身上！你背叛了你答應我的承諾！」瑞文咬牙切齒，點點星火隨著他的怒氣在身上跳躍。

「唔……」緊掐在頸子上的力量讓威廉的臉痛苦得扭曲變形，他伸直雙腳，眼淚不斷從眼眶中溢出。

「我想讓你安然無恙地度過儀式，為什麼你偏偏要這麼做？為什麼！」

「瑞文！」亞森喊道，瑞文卻像殺紅眼似地瞪著威廉，加強禁錮在威廉身上的力量。

眼見房間裡的東西都開始燻染上燒焦的氣味，威廉也逐漸失去氣息，亞森焦急地再次大叫：「住手！你會殺掉威廉的！快住手！」

就在亞森準備要幻形時，瑞文深深吐息，他抬頭盯著身體開始癱軟的威廉，緊握的雙拳微微鬆開，那些在他指尖、髮梢和肩上彈跳的火花才終於消褪。

那股掐在威廉頸子上的力量忽然鬆開，他跌落回床上，雙頰漲紅並且大口吸氣，喉嚨的壓迫感讓他不停咳嗽。

瑞文看著滿臉淚水的威廉，語氣從原本的激烈變得平靜而冷淡，「我對你非常失望，威廉。」

「我很……抱歉。」威廉蜷縮起來，用衣袖擦掉淚水，「但我不能讓萊特就這樣離開，他對我來說太重要了。」

啪擦一聲，窗戶碎裂開來。

「不要說了，威廉。」亞森一臉擔心地勸阻，他從沒看過瑞文露出這麼生氣的表情。

憤怒，又嫉妒，然後是徹底的冷酷。

「隨便你吧。」瑞文說，「不過你答應我的事還是必須完成，既然你和他一樣為了那個私生子願意付出冒著生命危險的代價，那就這樣吧。」

威廉看著瑞文，沒能搞懂他口中的那個「他」是誰，只見瑞文伸出手指，輕輕一挑，還在試圖從窒息中找回呼吸的他便被迫下床，踉蹌地來到瑞文面前。

威廉的身體就像傀儡一樣被擺弄著，亦步亦趨地跟在瑞文身後離開房間。

「瑞文！你要做什麼？」亞森急忙追出來。

「做我們該做的事。」瑞文面無表情地回過頭回答，「我們該將她從地獄裡喚醒了。」

「威廉還沒有辦法承受……」

「我們沒時間再等他恢復了，再說，這是他自己願意承擔的風險。」瑞文的視線挪向站在他身後的威廉，他伸手輕撫對方的腦袋，隨後用力扯住淺綠的短髮。「不是嗎，威廉？」

「現在的我根本沒辦法……」

「盡你全力，付出幾乎取你性命的力量就可以了。」瑞文低頭親吻威廉的臉，聲音是這麼的溫柔。

「我不想要……」

「你不願意的話，下次我是不會讓你有機會從地獄裡把教士撈回來的，你知道我說到做到。」

眼淚從威廉的眼眶內不斷湧出，在聽到這句話之後他放棄了掙扎，只能抹掉淚水，以沉默代替妥協。

瑞文放開對威廉的箝制，他看向亞森，「如果你忍受不了可以不要參與這場召喚，但你要明白，這場召喚是必要的，我必須問出來她把東西藏在哪裡。」

亞森迷惘地站在原地，只能眼睜睜地看著威廉跟在瑞文身後離去。

瑞文領著威廉一路向前行進，沿途的空氣裡都瀰漫著血腥味。

威廉注意到陽臺外坐著房屋的男主人、女主人以及三個孩子，他們一家人在搖椅上晃著，如果忽略掉地上的斑斑血跡，看起來就像是正聚在一起，和樂融融地觀賞外面這轟隆詭譎的雷雨天。

血跡一路從陽臺延伸到客廳，在客廳中央形成了一個巨大的召喚陣，朱諾就站在其中，雙手沾滿血色地替周遭擺滿的蠟燭一一點燃火光。

「你們來得正好，噠答！驚喜！」朱諾展示著他完美的布置。

最讓威廉心驚膽跳的是，召喚陣旁團團圍坐著幾個活人……活生生的白衣教士，他們被綑綁在椅子上，眼睛和嘴都用布蒙住。

「別擔心，沒有一個是你認識的人。」瑞文在威廉耳邊說道，「不過如果還有下次我就不保證了。」

威廉握緊拳頭，指甲都陷入皮肉裡。

看了眼這樣的威廉，瑞文微笑，安撫似地輕捏他的後頸，最後將他推向了召喚陣，「去吧，威廉。」

威廉低垂著腦袋，一聲不響地走進召喚陣中，鮮血的腥氣讓他感到不適，但他依然安分地在陣心席地坐下。

朱諾站在一旁看著他，語帶同情道：「真可惜，我們本來可以讓你更舒適的。」

威廉沒有說話，他並不後悔自己所做的一切，最後能將萊特從地獄裡撈回來，再見他一面已經很滿足了。

「倔強的小青蛙。」見威廉不說話，朱諾只是搖搖頭，往暗處退去。

「你準備好開始了嗎？」瑞文走入召喚陣中，低頭看著跪坐在地上的威廉。

威廉依然沒有說話，他抬頭看著瑞文，眼神表達了一切。

瑞文微笑。

住手吧，瑞文……

玻璃中的倒影依然在勸阻他，不過瑞文不打算理會，已經死亡多年的騙子沒有資格給他任何建議。

「那麼我們開始吧，該下地獄了，威廉。」

心裡隱約地有股不安的感覺。

萊特揉揉胸口，他跟隨羊群走在羊腸小徑上。今天的風很大，天氣陰冷，甚至開始下起小雨來。

柯羅走在他身旁，跟他肩並肩行走，從小木屋出發之後，他們一路上都沒跟對方說過話。

空氣裡蔓延的沉默反倒讓那個老是抱怨他們很吵的賽勒渾身不自在起來。

「你們兩個到底有什麼毛病？為什麼又都不說話了，現在看起來事情跟我們猜想的一樣不是嗎？」賽勒緊緊裹著他的淑女外套，相當不滿地詢問。

就和萊特夢境中所經歷的一樣，當他們決定出門尋找昆廷最後的藏身地時，羊群就像是知道他們的想法一樣，自動聚集成一團，在門外等待他們。

他們一路跟著羊群行走，找到那條他們昨天完全沒看到的小路，而隱藏在山坡間的小徑就跟萊特夢境中的小路長得一模一樣。

「這不是應該讓人興奮嗎？你們怎麼都不說話？」賽勒不停碎碎念，惹得柯羅一陣白眼。

不過，沉默的萊特是真的很少見。

「你還好嗎？」柯羅終於抬頭詢問。

「我沒事，只是從剛剛開始心裡就一直有種不安的感覺。」萊特說。

「你如果想反悔的話我們現在還能回頭。」

「不，不是那個原因，只是……」萊特不斷想起瑞文最後出現在這個地方的畫面，他搖搖頭，不想讓柯羅擔心，「可能只是沒睡好而已。」

萊特笑了笑，他看向柯羅，歪著腦袋問：「倒是你，是不是有什麼事情想跟我說？」

柯羅皺眉，「為什麼這麼問？」

「你有事情想跟我說的時候都會先沉默很久，要說話時又會放空幾秒，然後你的眉頭會抽搐幾下，嘴角還會……」

「你們好噁心。」賽勒愛聽又愛嫌。

「不用等你兄弟了，我發誓我真的會直接在這裡殺死你。」柯羅惡狠狠地轉過頭去瞪賽勒。

賽勒雙手一攤，一副柯羅拿他沒轍的模樣。

「你最好考慮清楚喔，如果我們順利度過這關，你們之後可能還要靠我才能生活，殺我沒好處。」

「誰要靠你！」

「你自己想想，都遇到這些鳥事了，我們的日子還能恢復以往嗎？你們兩個不管怎樣都不可能回教廷了吧？」

萊特和柯羅停下腳步，兩個人愣在原地，顯然都還沒想到這麼遠去。

「就算你的嫌疑洗清，偉大的教廷願意紆尊降貴重新接納你好了，那萊特呢？帶著這麼巨大的祕密回去，到時候只會換他被送進女巫地牢，難不成我們又要重新劫獄一次？這次我可不加入。」

賽勒的話不是沒道理，這讓萊特和柯羅再度沉默。綿羊們咩咩叫著要他們趕路，但一行人只是站在山坡上不動。

「所以如果我能活下來，奪回一切，重新建立巫魔會，你們就要靠我生活了，明不明白？」賽勒繼續說他的，還一巴掌拍到萊特背上，「萊特你就來巫魔會當賭場的莊家，因為你幸運的能力會讓你成為一個很棒的賭徒，能賺很多錢供我們逃亡。我還會是個很好的老闆，會提供你三餐吃住。」

「滾、開。」柯羅像隻護主的貓一樣，邊炸毛邊擋進兩人中間，把賽勒隔開。

賽勒絲毫沒有氣餒，他看了柯羅一眼，又看向萊特，「當然，要養寵物也可以，只要你能訓練他不要隨地大小便的話。」

「寵、寵你媽啦！」柯羅一拳就要掄到賽勒的下巴上去。

「等等、等等……」在兩人打起來之前，萊特一手將暴走的柯羅按進懷裡，一手推開賽勒的臉，他和羊群一同望向同個方向。「你們看那裡。」

山坡間的霧氣逐漸散去後，一片像海一樣的蒲公英田出現在他們的正前方。花野的盡頭則是一座隱藏在森林間的湖泊，草葉茂密，四周完全沒有人為活動的痕跡。

一切就和萊特在夢境裡看到的景象一模一樣。

三個人默契地同時閉上嘴不再說話，他們冒雨趕路，跟隨著羊群越過花野；然而當羊群帶領他們來到花海邊緣之後，便不願再前進了。

牠們停留在蒲公英田裡，安靜地嚼起草葉來，無論萊特怎麼呼喚都無動於衷，簡直就像是有道屏障不讓牠們過去一樣。

萊特沒有因此停下腳步，這次換他成了那隻領頭羊。

他按著夢境裡的路徑一路走進森林內，連地上突起的樹根和自己是在哪裡被絆倒的都記得一清二楚。夢裡的他像是用了一輩子在奔跑，現實裡卻沒花多少時間就找到了夢裡的那棵大樹。

它就佇立在湖畔，在一片綠油油的樹林裡是那麼的獨特和突出，枝椏上長滿了紅黃色的樹葉，像秋樹般蕭瑟。

「就是這裡了。」

終於站到夢裡的那棵大樹下，萊特環視著高大的樹木和平靜的湖面，毋親抱著自己和父親並肩站在樹下的畫面還很鮮明，彷彿他們正站在他面前一樣。

他蹲下來，用手撥開地上厚重的落葉，果真有幾顆形狀特別的黑色石頭被堆疊在某塊土地上。

「你那狼心狗肺的老爸就在下面嗎？和你母親的贈禮一起。」賽勒和萊特一起低著頭看地上，一旁的柯羅則是蹲下來，撿起那些石頭端詳。

「我想是的。」萊特說。

父親在生命的最後應該就是躺在這裡逝去的，形單影隻，懷抱著母親的聚魔盒，獨自被落葉和泥土吞噬，最後被埋藏於下方。

「那麼現在要怎麼辦，徒手把他的屍骨挖出來？我們手邊可是連把玩具沙鏟都沒有。」賽勒一臉嫌惡，已經被雨水弄得渾身溼淋淋的他，不想再為了挖個死人骨頭而弄髒身體。

「也只能這樣了。」萊特卻說。他捲起袖子，一副準備像松露犬一樣開挖的模樣，一旁的柯羅卻忽然伸手阻止。

柯羅手裡緊緊握著那些形狀古怪的石頭，臉色鐵青什麼也沒說，明明原先還在下雨的天空卻忽然變得明亮無比，將他們的影子照射出來。

三人的影子連在一起，變得巨大無比，它從地上立起，開始挖掘著萊特指定的「墓地」。

賽勒吹了聲口哨，他樂得輕鬆，卻在下一秒被糊了一臉的泥土和落葉。影子挖掘墳墓的手法急迫而粗暴，泥土被它不斷翻起，濺了所有人一身。

可是柯羅看起來一點也不在乎，他盯著墓地，臉色越發慘白。

「柯羅？」萊特伸手按住柯羅的肩膀，柯羅卻將手中的黑色石頭交給了萊特。

萊特張開手心，黑色石頭並不是單純的石頭而已，它們都被刻意雕刻過，形狀就像……**渡鴉**。

就在這時，影子停下了它的挖掘，它分裂開來，回到每個人腳下。

日光退去，陰暗再度籠罩，原本的細雨變得盛大，連湖面都因此而開始跳躍。

渾身泥土樹葉和雨水的萊特一行人沉默地盯著眼前的大洞，樹根都已經被刨出來了，裡頭卻一片空蕩，腐爛的棺木裡只留下些許焦黑的碎片，和一具破碎的聚魔盒。

萊特伸長手將聚魔盒撈起，三角形的聚魔盒上還有羊頭的形狀，但不過是個空殼，他們一路追尋的母親贈禮並不在裡面。

跪在泥地裡，萊特將母親的聚魔盒擁入懷中，久久沒有說話。

大雨依然嘩啦嘩啦地傾瀉，雨聲幾乎蓋掉了賽勒的聲音。

「怎麼可能會有這種事？」

不管身上是不是會沾染到泥水，賽勒不停地挖掘著泥土，但無論他怎麼挖，都只有泥濘與落葉，腐爛的棺木裡依舊一片空蕩，甚至不見屍骨。

賽勒氣得將手裡的泥土一把甩回地上，不可置信地抱著頭問：「這裡不是根本沒人知道嗎？連絲蘭都不知道的地方怎麼可能會有盜墓賊跑來！」

萊特和柯羅沒人應話，萊特手裡還抱著那個已經破碎的聚魔盒，而柯羅只是雙手插進口袋站在他身邊，默默地任雨水澆淋。

在知道無論怎麼挖掘也只能得到更多失望後，賽勒自暴自棄地跪坐在地上，看著安靜不語的萊特和柯羅，他皺起眉頭，「你們兩個為什麼都不說話？」

沒有像他一樣震驚或憤怒，在見到空蕩蕩的墓地時，萊特和柯羅彷彿早有預感事情不會這麼順利一樣，只是神色沉重地看著這一切。

柯羅皺著眉不說話，萊特也只顧著抱著他那沒用的破聚魔盒，這讓賽勒一股火直往腦袋上冒。

「快說！到底還有誰可能知道這個地方，昆廷連家人都沒有說了，他還會告訴誰……」賽勒還沒說完，柯羅望向他的視線便讓他停止了叫喊。

柯羅將手上的黑色石頭交給賽勒時，賽勒馬上就聯想到了某人。

昆廷或許守密守得很好，這個地方他甚至連家人也不曾透露，可是唯獨一個人他確實可能曾經和對方提過這個地方，因為他們曾經非常親密。

「是瑞文嗎？」賽勒緊握著手中的黑色石頭，幾乎要將石頭捏碎。「萊特母親的贈禮根本一直在瑞文那裡，就是那隻差點殺死萊特的使魔？」

柯羅的沉默證實了賽勒的猜測。

他們可能來遲了一步，或來遲了很多步，早在他們到來之前，瑞文就已經來過這個地方，偷走了屬於萊特的一切。

CHAPTER 5

大女巫召喚

瑞文在想，或許這一切都是昆廷自找的。

當年帶著祕密逃亡的昆廷，大概沒料到自己幾年之後又會找上他，並且奪走他想守護的所有東西。

當初瑞文迫不得已逃離靈郡，除了躲避異端審判那必死無疑的裁決外，主要也是為了等待時機。等待自己擁有足夠的能力回到靈郡，奪回屬於他的所有一切的那一天。

為了獲得這股力量，這些年他在外面兜兜轉轉地逃亡，幾乎不曾停下腳步。他不斷找尋、替換更強大的使魔。

然而即便在這種狀況下，瑞文卻還是時不時會想起昆廷的存在。

夜深人靜時，他也會不斷反覆地問著自己同樣的問題：為什麼昆廷要丟下自己離開？

他會在到達每個新的落腳處時，有意無意地尋找昆廷的蹤跡。

但昆廷第一次把事情做得這麼決絕，他離開得很徹底，還把自己藏在一個沒有任何人知道的地方。

教廷找過所有昆廷可能去的地方，瑞文也是，沒人尋獲他的下落……一直到瑞文想起昆廷曾經和他提過這麼一個地方。

那個地方在靈郡之外的偏遠山區，尋著綿羊們的足跡可以遠離人群、遠離教廷。

那裡有著一片女巫種植出的蒲公英田，湖景美麗得讓人希望能永遠停留。

昆廷提到這個地方時神情是這麼的愉快、懷念，卻又悲傷；雖然他從不告訴他，他究竟是和誰在那裡共度了一段時日，但瑞文知道那地方對昆廷來說絕對是個特別的所在。

瑞文曾經和昆廷提起他也想看看那個地方，昆廷總是微笑以對，並且承諾以後一定會帶他去看看。

於是瑞文等待了，乖巧又有耐心，最後卻只等到昆廷離開的消息。這讓瑞文不禁想著，這個約定是否只是昆廷當年隨口的一句玩笑而已？

但就算是玩笑也罷，緊抓著這絲線索，瑞文依循著記憶中昆廷告訴他的路線翻山越嶺，尋找了幾百個類似的地方，直到他終於找到了那片蒲公英田，也終於在那裡找到了失蹤已久的昆廷——一具懷抱著驚喜祕密的冰冷屍體。

瑞文在那裡雖然沒找到昆廷離開他的真正原因，卻找到了一隻足夠強大的使魔。

若有似無的黑影從瑞文腹中爬出，盤據在他背上，隨著燭影搖曳，看起來就像是對巨大的黑色翅膀。

威廉初次見到這一幕時，心中只有無盡的恐懼，因為他從未見過這樣利用使魔的方式。

「你失去了你重要的頭髮，我們只好用別的方式取代。」

瑞文將手放在威廉頭上，彷彿即將替教徒受洗的主教。

一旁的朱諾手持小刀，在陰影的籠罩下，他走向那些被綁在椅子上的教士，一一在他們的頸子上刺下足以提供鮮血、又不至於立刻死亡的傷口。

威廉看著被捂住眼睛、掙扎哭喊的教士們。他想表現得並不畏懼這一切，顫抖的手指卻出賣了他的情緒。

從教士們頸部流下的鮮血並沒有隨意流淌，而是像有生命般匯集成如髮絲一樣的血絲，沿著召喚陣的輪廓一路爬向威廉。

「血和生命會提供你力量，願你有足夠精神將女巫從地獄中拉起。」

接連著教士的血絲匯集在瑞文手中，他半跪到威廉面前，溫柔又細心地握住威廉的手，將血絲一一纏繞在他的指尖上。

威廉在恍惚間彷彿看到瑞文背上的東西好奇地探出頭來，牠有對黑色的羊角。

「把她喚出來之後呢？你想做什麼，你想重新得到她的愛嗎？」看著自己爬滿血絲的手指，威廉緊握手心。

瑞文微笑，他親吻威廉的額頭，「不，我只是要逼她說出她的祕密。」

他站起身，不再理會威廉的任何問題。

「就是現在，召喚她吧！威廉！」瑞文喊道。

威廉跪坐在陣心之中，腹部內的蒼蠅嗡嗡作響，還有伏蘿在裡頭游動的聲音。纏在他指尖的血絲開始收緊，傳來銳利又讓人難以忍受的疼痛。

血絲割裂了威廉的手指，他的血液開始由指尖滲出，沾染了滿手。

威廉抬起頭來，眼珠變成一片灰白，蒼蠅們則從他嘴中飛了出去。他的意識在瞬間被往下拖進地獄邊緣，有著一頭漂亮粉紅色秀髮的伏蘿拉著他，不斷往下游去。

他手上的血絲宛如在土壤內迅速生根的植物一般，在地獄邊緣裡不斷蔓延，往下、往下、再往下，直至深淵。

「要抓緊，父親。」伏蘿在地獄邊緣與地獄深淵的交界處放開他，牠緊握住雙手，臉上的笑容咧得大開。

威廉站在黑暗之中，伏蘿向上游回了地獄邊緣，上頭的地獄邊緣像一片綠海，不斷閃現無聲的雷光；而他的腳下就只有一片無盡的漆黑。

別怕，威廉，別怕，為了萊特……威廉安慰自己，他全神貫注地緊握手中的血絲，在一片孤寂的黑暗之中等待著，直到手中的絲線開始往下沉墜。

一股前所未有的拉力死死拉扯著威廉的雙手，威廉痛呼出聲，他恐懼地看向隱隱散發紅光的地獄深淵，他知道大女巫即將沿著他們所給出的道路，再次回歸現世。

而他所能做的就只有用盡全力不讓自己被拖下去。

「我們死定了。」

賽勒的髮梢上還滴著水，他坐在沙發上，雨水及泥沙浸溼了布料。

萊特和柯羅正在重新替壁爐升火，從他們無功而返，一身狼狽地回到小木屋後，兩人就一直沒有說話。

看到轉過頭來的萊特臉上露出了極為罕見的沮喪神情，賽勒忍不住再次重申：「我們真的死定了。」

「我說過沒有人會死，不要亂說。」柯羅瞪向賽勒。

「我有亂說嗎？萊特母親的贈禮是我們唯一的希望了，結果那東西根本一直都在瑞文身上？」賽勒只覺得一切都荒唐到他忍不住笑出聲來，「少跟我說什麼我們還有希望。」

萊特不知道該說什麼，在夢境的末尾看見瑞文時，他就已經有不好的預感了，只是沒想到最後真的會是這樣的結果。

他看著手中殘破的聚魔盒，最後他能在贈禮之地所找到的，就只剩下這個了……

三人陷入一陣凝重的沉默，連羊群都不叫了。

「不管怎樣，我們會想出辦法的。」率先打破沉默的是柯羅，他輕按著萊特的肩膀。

對，我們會想出辦法。肚子裡的蝕發出討厭的聲音。

「什麼辦法？你要單槍匹馬去和教廷還有瑞文對抗？教廷就算了，瑞文那裡現在不只有朱諾，還有一隻古怪的強大使魔，你要怎麼抵抗？」

賽勒都已經在盤算要像昆廷一樣替自己安排好後事了。依他兄弟的那個惡毒個性，就算奪走了使魔也不會安心。朱諾不可能容忍他繼續苟活，就算明知在切割後，沒有使魔的他只會越來越衰弱……

「蝕不會輸的。」柯羅卻一臉執拗地堅持，「我會保護我們。」

不計一切代價……嘻。

「柯羅……」萊特看著柯羅，一臉擔憂。

他們都知道使用蝕會讓柯羅付出多大的代價。

賽勒只是搖頭嘆息，「聽著，柯羅，我明白蝕很強大沒錯；但你想想，瑞文那瘋子連別人的母親贈禮都敢搶走，誰知道他現在手上還有些什麼東西？」

「你想說什麼？」

「萊特手上的不是真正的聚魔盒，教廷也一直沒找到真正的聚魔盒，有沒有可能是因為連真正的聚魔盒都在瑞文手上？」

「不可能。」柯羅再次推翻賽勒的說法。

「你到底為什麼這麼肯定？」

「因為我認為瑞文這次回來，就是想找回達莉亞的聚魔盒。」柯羅說，「他說過，他會回來履行他所有的承諾，這些承諾裡包括奪回他被教廷剝奪的一切事物，包含我們母親的遺物……真正的聚魔盒。」

賽勒支著臉，還是有些懷疑柯羅的說法。

「你知道聚魔盒的能力，如果瑞文手上有聚魔盒，他現在不會到處躲藏；因為一旦他擁有了達莉亞的聚魔盒，只要他想，他甚至可以獨占我們所有人的使魔。」柯羅說。

這就是為什麼所有人都想找到真正的聚魔盒，一旦擁有聚魔盒，教廷的巫族就不再有與之對抗的本錢，大女巫制度的存在與否也不再重要……因為聚魔盒的擁有者將可以永遠取代他們的大女巫。

「但就算真的像你說的那樣，瑞文手上沒有達莉亞的聚魔盒好了，我還是不認為我們有足夠的勝算。」賽勒說，「既然瑞文回到靈郡的目標是聚魔盒，那他遲早會殺到教廷去挖出那個被你媽藏起來的東西。而我們現在跟他們一樣是通緝犯，根本無法阻止這件事發生。」

「不可能，因為我不會讓瑞文找到達莉亞的聚魔盒。」柯羅說。

「到底要怎麼跟你溝通你才聽得懂人話啊？」賽勒一臉不可置信地翻著白眼，「你要怎麼阻止他？你知道你媽把東西藏在哪裡嗎？難不成我們要去把你媽的靈魂從地獄裡拉回來！」

柯羅沒有說話，萊特觀察著他臉上細微的表情變化，隨後也跟著變了臉色。小心翼翼地，萊特開口詢問：「你知道，對嗎？」

柯羅看向萊特，沒有說話。

「知道什麼？」賽勒還在狀況外。

萊特有些意外，卻又不是太意外，這能解釋為什麼在提到達莉亞的聚魔盒時，柯羅總是特別沉默又特別偏執。

「你一直都知道達莉亞的聚魔盒在哪裡，對嗎？」

是的，我們知道。

亞森進到客廳時，召喚已經開始了。

落地窗戶全是緊閉的狀態，但室內狀況就和窗外的狂風暴雨相仿，召喚陣像暴風雨中心，捲起了狂風暴雨，落下的雨滴卻滿是血腥。

跪坐在召喚陣中心的威廉抬著頭，眼珠一片灰白。血絲將他的手指緊緊勒住，他的指腹因此被劃破，鮮血不斷往下滴落。

亞森試著再靠近一些，但召喚陣捲起的強風把他和所有東西都一起颳開。

威廉張開嘴，低沉的嗡嗡聲從他嘴裡發出，成群的蒼蠅飛出，紛紛飛進圍繞著他的教士們嘴裡。

坐在椅子上的教士們如同癲癇發作般劇烈抽搐，他們和威廉一樣仰頭張嘴，嘴中發出相同的低沉嗡嗡聲，地面也為之震動著。

一道影子從威廉的背後出現，如同巨大的黑幕。

「她要上來了。」同樣站在召喚陣中心的瑞文說。

朱諾在這時往後推開，他一把拎住亞森的領子將人往角落帶去。亞森掙扎，卻被朱諾扣在懷裡。

「安靜，不要被她發現，不然我們可能也會被帶走。」朱諾摀住亞森的嘴。

威廉背後的黑影逐漸浮出一個女人的形體，她的黑髮隨著腥冷的狂風飄散在空中，如鬼魅般蒼白的臉有著雙鮮豔紅唇，雙眼卻是空洞的窟窿。

瑞文抬頭注視著眼前的靈魂，沒有絲毫畏懼，只是輕聲喊道：「母親。」

「**……瑞文**。」大女巫的靈魂也發出了細碎的聲音，低沉如蒼蠅的嗡鳴。

她低頭注視著瑞文，瑞文與她對視，微笑起來，幾滴眼淚唐突地從他眼眶內落下；然而大女巫的亡靈卻在下一秒露出駭人的猙獰面貌，張牙舞爪。

「**柯羅在哪裡？圖麗在哪裡？**」靈體下墜，伸手探向瑞文。

瑞文沒有退縮，依舊站在原地，冷風吹乾了他的眼淚，他依舊微笑著。

下墜的靈體被束縛在原地，大女巫的亡靈來回注視自己的雙手，從下方浮上的血絲如藤蔓般牢牢纏繞住她的靈體。

「他們不在這裡，母親。」瑞文說。

「**不、不、放我回去**。」大女巫的靈體掙扎著，「**我不屬於這裡！**」

「但不要緊，我會把他們帶回身邊的。」瑞文又說。

靈體停止掙扎，聽到瑞文的的話似乎加深了她的怒氣，「**不！你不許這麼做！**」

「我不會，母親，我保證。」

「不、不，你不行！」

「達莉亞！」瑞文忽然失控地嘶吼出聲，血絲更加束縛住大女巫的靈體，不過這也讓參與召喚的祭品們鮮血如泉水般湧濺。

「住手吧瑞文，這一切有什麼意義？我不是早在離開前就告訴了你，你不可以。」大女巫的靈體飄浮在空中，居高臨下地用她只剩空洞的雙眸注視著瑞文。**「你和我一樣，你只會把他們綁在身邊，最後一起邁向毀滅。」**

「我不會住手。」瑞文對著母親說，「我向柯羅承諾過我會回來，我會拿回被教廷奪走的一切，包括柯羅、包括圖麗，包括妳……我會實現我的承諾！」

「你無藥可救了，孩子。」那一瞬間，大女巫的面貌變得清晰可見，她的眼神裡透露著失望與傷心。

瑞文盯著母親，臉上沒有任何表情，他大聲呼喊：「不要再試圖拖延時間了，達莉亞！妳很清楚我召喚妳上來的目的。」

瑞文要向教廷奪回所有原本屬於他的東西，弟弟、妹妹——還有母親的子宮。

「幫助我，告訴我，妳將真正的聚魔盒藏在哪裡？」

在瑞文的質問下，大女巫的靈體再度開始尖叫、掙扎，試圖掙脫血絲的箝制。

「不要抗拒，達莉亞！」瑞文如同念咒語般呢喃著：「亡靈無法說謊，妳經由我召喚，妳應當如實回答我的問題。」

威廉的雙手已經血跡斑斑，傷口深可見骨，凝結的血液不斷從他指尖往上飄浮，和教士們的鮮血匯流，讓大女巫身上的血絲變得更加堅韌，

但大女巫的力量奇大，地面都因為她的尖叫聲而開始震動，血絲不斷從她身上斷裂。

啪的一聲，其中一個坐在椅子上的教士停止掙扎，他倒在地上，整個人像瞬間被抽乾似地塌扁。染血的蒼蠅們從他口中飛出，沒過多久便全數墜地死亡。

然後是下一個教士。

教士們一一倒地，靈魂被粗暴地從人間直接扯往地獄邊緣。

此時意識還在地獄的威廉也感受到了不對勁，他獨自站在地獄之下，扯緊了手中的血絲不讓自己被往下拉，可是大女巫的靈魂卻不斷變得更加沉重。

威廉知道自己撐不了多久，等教士們的靈魂都被吞噬，下一個就換自己了。

雙手已經被疼痛麻木，淚水不斷從威廉灰白的雙眸中流出，可是無法中斷儀式的他只能任由命運倒數。

「說！達莉亞！在妳回去妳罪有應得之處前，告訴我真正的聚魔盒藏在教廷哪裡？」瑞文朝著達莉亞怒吼，他背上的黑影隨著冷風震顫，像拍動的翅膀。

又一個教士倒下，再一個……下一個就輪到威廉了。

血絲掐緊大女巫的靈體，幾乎將她割裂。終於，在儀式的制約之下，達莉亞的靈體說出了答案：**「聚魔盒不在教廷裡，它藏在我重要的贈禮裡，我的小太妃糖，我的小俄羅斯娃娃。」**

瑞文愣住，他盯著母親那模糊不清、分不出是哭是笑的臉。

「啊啊啊！」召喚陣圓心裡的威廉發出撕心裂肺的痛苦嚎叫，大女巫靈體上的絲線隨之全數斷裂。

轟然一聲，室內的狂風驟停，滿身鮮血的威廉倒地，而大女巫的靈體也在給出答案後化作一陣黑煙，落入地面，只留下黑色的塵土。

原先紛亂的客廳在瞬間變得寧靜而死寂，地上混和著鮮血和教士的死屍，威廉就倒臥在其中。

「威廉！」角落的亞森掙脫了朱諾的懷抱，他一路跑向威廉，在腥紅的鮮血中將他撈起。

威廉的雙手一片血肉模糊，亞森抹開他臉上的血漬，唯一值得慶幸的大概是他鼻間還有微弱的呼吸。在威廉被拉下地獄之前，儀式似乎及時獲得了終止。

「他很幸運呢。」經過的朱諾吹了聲口哨，他好心地丟了塊乾淨的布給亞森，讓他先替威廉進行緊急包紮。

朱諾走向瑞文，他背上的東西已經在大女巫回到地獄後爬回了他的腹部。

「怎麼樣？為什麼這麼安靜，你最後到底問到答案了嗎？」朱諾歪頭詢問瑞文，他並不理解大女巫的靈魂最後所說的究竟是什麼意思。

瑞文彷彿陷入沉思般地盯著地面，就在朱諾等答案等得不耐煩之際，他終於回過神來說話了。

「我們現在要盡快找到柯羅，把他帶回來。」

「什麼？那聚魔盒呢？」

「聚魔盒就在他身上。」瑞文說，「在他肚子裡。」

CHAPTER 6

俄羅斯娃娃

「你一直都知道達莉亞的聚魔盒在哪裡，對嗎？」

是的，我們知道。

萊特這麼問時，柯羅的肚子裡冒出了蝕的嘻笑聲。他緊握雙拳，這個祕密他從沒告訴任何人過。

「你知道在哪裡？」賽勒整個人跳起來，一臉不可置信地瞪著柯羅。「消失了這麼久，教廷和所有巫族都急迫著想找到的東西……你現在跟我說你一直都知道在哪裡？」

柯羅沒有說話，神色凝重。

「為什麼不告訴我們？」賽勒質問。

「我不能說，因為我不知道說了會有什麼樣的結果，這對所有人都不安全，最好的方式是保守祕密。」柯羅說。

「現在都什麼時候了，還要保守祕密，我們可是連萊特的使魔都沒能找到。」賽勒連翻了好幾個白眼，「快說！那東西到底在哪裡？」

柯羅躊躇了片刻，他看向萊特，萊特只是貼心地用擒拿術替他將暴跳如雷的賽勒拉回去沙發上坐好，順便按住對方的嘴要他安靜。

終於，柯羅鬆口了，「達莉亞的聚魔盒……在我身上。」

「在、在你身上？」賽勒一口血都要咳出來了，這些天來柯羅身上一直藏著這麼一個大祕密，竟然還能裝作一副若無其事的模樣。「在哪裡，你的口袋裡嗎？萊特，去搜出來！」

「不在我的口袋裡。」柯羅說，「那麼重要的東西不可能唾手可得……達莉亞的聚魔盒現在就在我的肚子裡。」

聽到柯羅的答案，萊特和賽勒一時說不出話來，兩人的視線同時放到柯羅的肚子上，直到賽勒詢問：「在你肚子裡是什麼意思？你吞下去了？還是從後面塞……」

「才不是那樣！」柯羅沒好氣地瞪了賽勒一眼，過了好半晌，他嘆了口氣，才終於說出那個他一直隱瞞的祕密，「精確一點來說，聚魔盒是在蝕的肚子裡。」

嘻。

「聚魔盒在你肚子裡的蝕的肚子裡？」賽勒覺得自己在繞口令。

「就像俄羅斯娃娃一樣……」萊特喃喃出聲。

柯羅低著頭，沒有否認萊特的說法。

「達莉亞在大女巫事件爆發前，將聚魔盒從波菲斯那裡奪回，藏在了蝕的肚子裡，最後才將蝕贈與給我。」柯羅說。

小木屋外的雨似乎下得更大了，聽著外頭的雷聲和暴雨聲，柯羅想起當年的那天也像今天一樣，雷雨交加，天空漆黑如深夜……

當時柯羅一人在家，午睡正酣熟時卻被雷聲驚醒，而身邊就只有一隻獨角獸布偶陪伴他而已。

他獨自醒來，在偌大的宅邸內尋找母親，但原本還在家裡靜養的母親，卻不知道在這雷雨天裡跑到哪裡去了，瑞文也不在家中。

那個時候的瑞文總是很不開心，當時的柯羅並不清楚原因，只知道原本很溫柔的長兄像變了一個人似的，他的情緒開始變得和母親一樣很不穩定。

有時候，柯羅會懼怕這樣的瑞文。

家裡沒人，雷雨聲正大，年幼的他感到寂寞又害怕，於是他選擇偷偷溜進妹妹的舊房間內。他喜歡妹妹的房間。

雖然當時圖麗已經不住在極鴉家的宅邸內了，但達莉亞每天依舊會將她的房間整理得整整齊齊，並且在裡面放上新鮮的花朵，以及愛慕這位小女巫的人民們所贈與的布偶與精緻玩具；即便這些人民跟那些唾棄達莉亞、嫌棄達莉亞是位瘋瘋癲癲的過氣大女巫的人剛好是同一群。

圖麗的房間比其他人的房間都更有人生活的痕跡，所以柯羅喜歡她的房間。那時候的他也很想念那個圓滾滾又白白胖胖的妹妹。

而除了那一堆幾乎滿出房間的漂亮布偶和洋娃娃之外，柯羅最喜歡的大概就是圖麗的小梳妝臺上那些優雅小巧的俄羅斯娃娃。

那也是達莉亞的最愛。

過去達莉亞總是會和他玩這樣一個遊戲，她會在一堆俄羅斯娃娃中偷偷藏著漂亮的小寶石，讓柯羅去找，因為柯羅最喜歡亮晶晶的東西了，這是他和母親之間的小遊戲……

只可惜達莉亞生下圖麗後就不再和他玩這個遊戲了，因為她開始分不清楚究竟是誰拿走了那些小寶石、她的子宮或她的女兒。

柯羅印象深刻，那時趁著母親不在，已經很久沒碰那些俄羅斯娃娃的他一時好奇，壯起膽子就坐上妹妹的小梳妝臺，小心翼翼地再次將其打開。

令人失望的是，娃娃裡並沒有漂亮的小寶石，而就在他沮喪地將娃娃們恢復原狀歸位之際，消失的母親卻在這時忽然出現在他身後。

柯羅嚇得哭叫起來，因為母親身上聞起來溼冷卻又血腥，手裡拿著一具他從沒看過的聚魔盒。

「我奪回來了，請別再讓它被任何人搶走。」

母親嘴裡輕聲呢喃，她用沾著鮮血的手指在腹部上畫圈，畫著柯羅不懂的圖形，接著她說：「敲敲門。」

那天是柯羅第一次見到蝕，黑影籠罩著母親，填滿整個房間，如同一隻巨大的烏鴉。

母親哭著對他說抱歉，讓黑影吞掉了她手中的聚魔盒……而等柯羅再回過神時，母親已經將他壓制在地上。

柯羅很害怕，不斷哭叫著要瑞文來救他。

蝕攀爬在母親背上，牠伸展翅膀，彷彿是母親的翅膀一樣。

達莉亞用最溫柔的語氣向他說抱歉，眼淚不斷滴落在他臉上。

當她將蝕塞進柯羅肚子裡時，他承受了巨大的疼痛和悲傷，女巫彷彿把這些年來的情緒都塞進了他的體內。

柯羅的腦海裡從此記住了母親所畫的召喚陣圖形，還有母親的那些傷痛，他也開始能聽見腹部裡發出的聲音——我的小太妃糖……嘻嘻。

接下來發生的事情在柯羅印象中都很模糊，他只記得達莉亞將贈禮贈與他之後，低頭親吻了他的臉頰。

「請保守我的祕密，不要跟任何人說這件事，包括瑞文。」達莉亞囑咐，而那一刻她注視著他的眼神是這麼的清澈。

他試著要喊母親的名字，卻喊不出聲。

「我愛你，孩子，再見了。」

而這是達莉亞對他所說的最後一句話。

柯羅緩緩道出他記得的一切。

「瑞文遲了一步才回到家，他找到我時達莉亞已經完成了贈禮儀式並且離開宅邸，然後她應該是回去教廷……」

「然後發生了大女巫事件，是嗎？」萊特問。

發狂的大女巫回到教廷，奪走了一群教士的性命，也帶走了自己的女巫同伴們，唯獨圖麗和當時負責保護他的現任大主教勞倫斯倖存下來。

她原先可能也想將圖麗帶走，最後卻沒能下手。

柯羅點了點頭。

「我還以為……」不知道為什麼還坐在萊特懷裡的賽勒，好半天才做出這樣的結論，「我和朱諾的母親已經夠瘋了，沒想到你母親才是真正的瘋狂。」

「你不知道她承受了什麼。」柯羅說。

「我確實不知道。」賽勒聳肩，「但如果我是她，被逼著和不熟識的男人生孩子，又被奪走自由、子宮和孩子的話，我可能也會選擇這麼激烈的手段。」

賽勒終於從萊特懷裡起身，再次聳肩，「不過沒辦法，這似乎是巫族的命運，從當年的大女巫被騙著簽下白鴉協約的那刻起就是如此。」

萊特和柯羅陷入沉默，他們不知道該說些什麼。

賽勒倒是接受這件事接受得很快，想振作士氣般啪啪啪地拍起手來，「打起精神來，至少我們現在有個好消息了不是嗎？達莉亞的聚魔盒竟然在我們手上，你們知道這代表著什麼嗎？」

賽勒露出微笑，「這代表我們能吞下所有敵人，吃掉所有使魔，柯羅肚子裡將可以乘載大量的使魔。」

萊特看向柯羅，他還記得柯羅曾經說過，他會在瑞文吞掉自己之前先吞掉他，原來當時指的就是這個意思嗎？

「瑞文？吞掉。朱諾？吞掉。不知名的使魔？吞掉……知道嗎？我們還能統治世界，把靈郡變成女巫國度。」

「我們沒有要統治世界。」打斷講得正開心的賽勒，萊特看向柯羅，「我相信達莉亞把聚魔盒藏在柯羅這裡，就是不想被其他人拿去利用、做這種事。」

啊，真是顆油嘴滑舌的小鑽石。

柯羅瞇起眼，狠狠捏了把自己的腹部，雖然這對蝕來說根本無關痛癢。

「真的？你也這麼認為？」賽勒看向柯羅。

「達莉亞的聚魔盒確實不該這樣隨便使用，況且我並不想讓人知道真正的聚魔盒在我這，這個祕密被發現只會後患無窮。」

「你們真的很掃興。」賽勒一臉不以為然的模樣，他聳聳肩，「無論如何，現在既然知道了這個祕密，我們的勝算也稍微大一點了。」

是啊，但前提是我必須吃飽。

蝕在柯羅的肚子裡竄動，瞬間的痙攣痛得他冷汗直冒，他咬牙，努力把不適隱藏起來。

「那麼接下來怎麼辦？我們要殺回靈郡去找教廷和那隻毒蛇算帳嗎？或是去找瑞文正面對決？反正他們遲早會找上來……」

賽勒的戰鬥欲望強烈，萊特卻再次打斷他。

「我們應該先待在這裡，過一段時間再看看要怎麼辦。」萊特說，他伸手輕按柯羅的肩膀。

柯羅知道萊特是在擔心自己。他們都心知肚明現階段能不叫出蝕就不叫出蝕，使魔刻意餓自己餓了很久，沒人知道等牠出來之後會向柯羅索求什麼。

你們就逃避吧，能逃到何時呢？蝕再度出聲，柯羅垂眸。

「放著好好的蝕和達莉亞的聚魔盒不用，我真不明白你們在想什麼。」賽勒瞇起眼，「不然這樣……你們乾脆把蝕和聚魔盒都交給我。」

「不行！」柯羅和萊特異口同聲。

嘌。連柯羅肚子裡的蝕都發出不贊同的聲音。

「你們真的是一群小氣巴拉的……」賽勒話說到一半頓住，他看向萊特和柯羅身後。

絲蘭不知道什麼時候醒了，他坐起身來，眼神迷茫地看著前方。

「絲蘭先生！」萊特上前去確認絲蘭的身體狀況。

絲蘭看著萊特，過了好一段時間才將視線定焦在他身上，「你找到丹德莉恩要給你的東西了嗎？」

絲蘭又縮小了一點，他現在看起來像個七八歲的孩子。他的臉毫無血色，而且嘴唇發青。

「我們沒找到，可能是被拿走了。」萊特將手背貼到絲蘭額頭上測溫，卻發現絲蘭根本沒有體溫可言，他全身冰冷。「你有沒有哪裡不舒服？」

「叔叔是白鴉葉毒癮犯了嗎？」賽勒湊上前查看。

「可是他接受暹貓家的治療有一陣子了，最近一直都算穩定，而且他現在的樣子看起來也和以前的狀況不太相似。」柯羅一臉困惑。

「麥子呢？我想找麥子……」絲蘭呢喃著。

「學姐現在不在我們身邊，記得嗎？出來的只有我們兩個人。」萊特輕哄。

「我想找麥子，想找她。」絲蘭卻堅持，他的眼神空洞。

「我現在是真的開始擔心了……」

賽勒的話還沒說完，絲蘭忽然開始劇烈咳嗽，他嘔出了一大坨黑色的鮮血。

「絲蘭先生！」所有人都被嚇了一跳。

絲蘭再次暈倒在萊特懷裡，他的呼吸急促，臉上浮起青紫色的血管。

「這不太像是白鴉葉毒癮發作的症狀，比較像是……中毒？」賽勒挑眉，仔細觀察，他說：「而且是蛇毒。」

銅蛇在腳下發出嘶嘶的聲響，伊甸觀察著勞倫斯的反應。

勞倫斯翻閱手中的書本，手指撫摸過上頭全新的聚魔盒設計圖，然而蛇皮的觸感顯然讓他有些不悅。他微微擰起眉頭。

伊甸的多次提議始終沒有被首肯，但就在劫獄的事件之後，他相信大主教的態度已經開始動搖。

而從勞倫斯此刻沉默的反應看來，伊甸認為自己多少下對了賭注。

畢竟在發生這麼多事之後，勞倫斯很難再繼續相信縱容巫族的存在不會出什麼大問題，就算是他很疼愛的小女巫也是如此。

伊甸只需要再推一把，提供一個更有力的論點。

「你確定這次不會重蹈覆轍？我們沒辦法再容忍一次大女巫事件的發生。」支著臉，勞倫斯問。

「圖麗還小，她還沒有對這件事有這麼大的認知，我相信只要您好好哄她，這件事就不會發生。」伊甸說，他心裡抱著一絲希望，但勞倫斯始終沒應話。

勞倫斯闔上了他的設計書，把玩起桌上的木雕小鳥。

「但她是我最漂亮的小鳥。」勞倫斯說。

「達莉亞也曾經是所有人愛戴的母鳥。」伊甸說，「可是您也見識到了她後來的狀況，**您經歷過**。」

勞倫斯凝視著手中的小鳥木雕，好半天才說了句：「確實。」他是當年經歷過大女巫事件後少數的倖存者，當然很清楚發狂的大女巫有著什麼能耐……

勞倫斯出身自傳統的鷹派家庭，一直以來都不喜歡那些總是在製造麻煩的巫族的存在，在十幾年前親眼目睹了大女巫事件的發生後更是如此。

或許是達莉亞天性神經質，又或許是教廷一直以來試圖以白鴉葉控制大女巫的策略出了錯誤，無論是何者，這都導致他們強摘大女巫的子宮做成聚魔盒的這件事，成為了壓倒駱駝的最後一根稻草。

勞倫斯至今都還印象深刻，那位曾經美艷動人的大女巫忽然出現在教廷與女巫們的會議之中，活像個怪物一樣，渾身都化成黑色的烈焰……

她燒掉了教廷的一切，甚至包含她的同類，卻在準備要對他下毒手時驟然停手，只因為她看到了他懷裡的圖麗。

勞倫斯還記得當時圖麗在他懷裡睡得是這麼香甜，全然沒注意到外面發生了什麼事。而她的母親則是瘋狂地哭叫著，最後自己也消失在黑色的烈焰之中。

勞倫斯就這麼存活下來了，因為圖麗的關係。

「圖麗就像我的小守護鳥，某方面來說她算是救了我一命。」勞倫斯用指腹磨蹭手上的小鳥。

「我們只是摘掉她的子宮而已，她依然可以當她的大女巫。」

只是屆時圖麗便等於被拔掉了翅膀，就只是隻賞玩鳥。這些話伊甸沒說出口，但他相信勞倫斯也懂這個道理。

這樣對誰都好。

「請您考慮清楚。」伊甸重申。

「你明白這會有什麼後果嗎？你的同類可能會逐漸消失。」勞倫斯說。

「我明白。」伊甸說，「但這會是歷史上偉大的創舉。」

「你父親也說過這句話。」勞倫斯說，他將小鳥放回原本的位置，至於桌上的設計書，他將它放進抽屜內鎖好。

伊甸瞇起眼，腳下跟隨著他的銅蛇發出了嘶嘶聲響。

「我會考慮的。」勞倫斯抬頭，終於鬆口，但沒有等伊甸回應，他忽然將視線擺放到伊甸身後，轉換話題，「但我們現在應該先討論另外一項更重要的事。」

很快的，急促的腳步聲從伊甸身後傳來，「伊甸！」

聽到呼喚，伊甸轉頭，走進來的是臉色非常不悅的約書。他瞪著他，似乎是在責備他沒有回應他的訊息。

伊甸沒有回應，他確實收到了約書的訊息，只是他不認為那是現在最重要的事。他瞥開視線。

「約書。」勞倫斯低聲喊道。

差點忘記還有第三人在場，原本正打算找伊甸算帳的約書頓時冷靜下來，他清清喉嚨，恭敬地行禮，「大主教。」

勞倫斯的視線在約書和伊甸身上來回打量。

「你們吵架了嗎？」

「呃……不，沒有。」約書有些不好意思地紅了臉。他抬眼看向伊甸，伊甸卻依然沒有正眼看他。

「沒有就好，因為現在不是讓你們吵架的時候。」勞倫斯看著眼前的兩人，他問約書：「現在狀況如何？有逼問出任何逃亡者的消息嗎？」

約書垂下腦袋，「目前還沒有消息。」

「黑萊塔的暹貓和他的搭檔，以及狼蛛的那個女教士都沒有透露一絲訊息？」

「他們並不知情，卡麥兒甚至還在休養……」

勞倫斯看著約書，眉頭深鎖，這讓約書停止辯解。他繃著臉，希望父親沒有從他的表情上看出一絲一毫的破綻。

「沒有消息是個令人失望的答案。」

「我知道，我們正在盡全力尋找。」

「是嗎？」勞倫斯的語氣卻不怎麼信服，他凝視著約書的眼神意味深長，「你確定你有盡全力？」

約書沉默，雙拳緊握。

「我知道你一直是個心腸軟的孩子，就像你母親一樣，但教士伙同男巫去女巫地牢劫獄？這和你的下屬在哪裡出任務不小心破壞公物可是完全不同等級的事……」

「我當然明白，但是……」

「你明白就不要試圖包庇他們！」勞倫斯拍桌。

「但這件事從一開始就很不合理！」約書終於忍不住了，他大聲回嘴，「教廷根本沒證據證明柯羅和瑞文有共謀的行為，柯羅本來就不該受到監禁！」

「如果他是無辜的，為什麼不好好接受調查呢！」

「您這是倒因為果！您明明知道女巫地牢對巫族來說根本是酷刑，在沒有證據的情況下柯羅本來就不該被這樣對待！」約書將按捺已久的怒氣全說出口，這次他顧不得教規和禮貌的問題了。「伊甸也不應該沒有經過我的同意，就擅自對他進行拷問，這一切對他們來說都不公平！你們這樣根本違背了當初白鴉協約的規定，我們教士本應當尊重、保護……」

「你要不要聽聽看你自己在說什麼？」勞倫斯冷眼看著約書，他低聲警告：「你聽起來就像個獅派教士！」

「我只是……」

「女巫地牢只對有祕密的人才會產生極大的痛苦。」一直保持沉默的伊甸終於開口，他向前站了一步，打斷父子間的爭執。

伊甸凝視著約書，他知道約書一定會對他接下來的作為更加不諒解；不過，他現在不能讓他阻撓自己的計畫……

至於勞倫斯，如果要說服對方進行他的一切計畫，他就需要一個更強硬的論點。

是的、是的、是的。伊甸腳下的銅蛇竄動。

「我對柯羅的拷問也是合理的。」伊甸說。

「這怎麼會合理？我說過教廷從一開始就沒有證據證明……」

「我懷疑柯羅和萊特．蕭伍德藏著其他祕密。」伊甸打斷約書，他對勞倫斯說：「我認為萊特．蕭伍德身上流著巫族的血，而瑞文的回歸或許與他有關。」

「你、你在說什麼？」約書一臉錯愕。

「你懷疑小蕭伍德身上流著巫族的血？這是多嚴厲的指控，你明白這件事嗎？」就連勞倫斯都有些詫異。

「我明白，但沒有把握的事我不會胡說。」伊甸面無表情地望著兩人，「我也沒必要冒著自己被送入女巫地牢的風險說這個謊。」

伊甸很肯定萊特身上絕對有問題。

除了被瑞文單獨調查這種不尋常的事情之外，被絲蘭和榭汀送往只對巫族治療有效的天堂，還有在女巫地牢裡對抗他的那種一般人根本不可能擁有的運氣……

有太多太多的跡象指證，萊特就像他想的那樣，獨特卻又——粗鄙。

「他很可能是蕭伍德家的人和某名女巫的私生子。」伊甸說，他的瞳孔像蛇瞳一樣縮放，自己卻毫無所知。

教士和女巫混出來的種，那真是……讓人難以接受。蛇聲作響。

「這不僅是違反了白鴉協約的重大罪行，也背棄了巫族應該維持的名聲。」伊甸的語氣中毫無情感，「這次如果能把他們都帶回來，我保證我能證明一切。」

「你瘋了嗎？怎麼可以隨便安插罪名在萊特身上！」約書盛怒道。

「我沒瘋，你自己也知道事情有些古怪，不然瑞文為什麼要特地調查萊特？」伊甸依然堅持。

眼見無法和搭檔溝通，約書轉而向勞倫斯求助，「父親！伊甸根本沒有實際的證據，你不該聽他的……」

「好了！」勞倫斯厲聲道，他看向伊甸，沉聲詢問：「你能保證你所說的不僅是你的懷疑而已嗎？」

「我能保證，我以銜蛇家的名譽發誓。」伊甸說。任何人都知道家族名譽對於他來說有多重要。

勞倫斯沉默幾秒，最後他選擇忽視約書不贊同的眼神。

「那麼你認為該怎麼做呢，伊甸？」

「加大追捕的力度，請務必讓教廷的教士聽令我的指揮，由我帶領追捕他們一行人的行動，而等逮捕到案後我們應該立刻對萊特．蕭伍德展開異端審判。」

「你們到底在胡說什……」

「至於不願意配合的人員，請排除參與，另行派發文書工作。」

約書一臉不可置信地看向伊甸，伊甸在說話時的表情冷峻嚴肅，完全像換了一個人似的，已經完全不像他從前所認識的伊甸了……

「你有自信能盡快抓到他們嗎？」勞倫斯問。

伊甸沉默片刻，他接下來拿出的東西只讓約書更加不可置信。

「是的，我有自信。」伊甸從懷裡拿出一隻巫毒娃娃，娃娃的外型樣貌就和絲蘭如出一轍。「在他們集體逃離前，絲蘭被我們咬了一口，現在蛇毒應該差不多要發作了。」

伊甸輕撫著手中的巫毒娃娃，娃娃的外貌頹靡不振，表面青紫，看起來像中了毒一樣。

「無論他們躲在哪裡，這會逼得他們不得不回到靈郡、回到黑萊塔求助，不然絲蘭就只有死路一條。」

「伊甸！你真的是……你連同伴的死活都不管了嗎？」約書剛踏出一步，伊甸的烏洛波羅斯們便紛紛蜿蜒爬起，擋在主人面前。

昔日溫和如寵物般的銅蛇們嘶嘶地吐著蛇信，約書瞪著待在後方的伊甸，怒火直冒。

「約書，相信我，我所做的一切都是為了我們的未來、為了我們的名譽。」伊甸說。

「你還敢要我相信你？我不會再……」

「夠了！約書，如果你不願意配合的話，就退出追捕工作！」勞倫斯喝止約書，他沉聲下令：「從現在開始，你和黑萊塔的教士們不許參與追捕行動，你們全都留在黑萊塔內處理文書工作。」

「可是……」

約書還想掙扎，但勞倫斯沒有給他機會。

「沒有可是！聽我的命令行事，教士！」勞倫斯喊道。

門外的其餘鷹派教士聞風而入，他們守在門口旁觀察情況。

「別逼我也必須限制你的自由和剝奪你現在具有的權利，約書。」勞倫斯再次警告。

約書緊咬牙根，他注視著勞倫斯及伊甸，最後再次向伊甸確認，「給你個機會，我現在走出去的話，你會跟我離開，還是選擇家族名譽？」

伊甸凝視著約書，他緩緩說道：「別孩子氣了，約書。」

聞言，約書深吸了口氣，沒多說什麼，他頭也不回地轉身離開了大主教的辦公室。

看著約書離去的背影，勞倫斯只是嘆了口氣，「算了，就讓那不成器的孩子先回去好好想想吧。」

伊甸沒表示意見。

約書之後會想清楚的。蛇聲作響，如同甜言蜜語。

「如果有把握，就盡快去把他們抓出來。」勞倫斯滿臉嫌惡地看著桌上的巫毒娃娃，他朝門外招手，招進了另一群鷹派教士。「你要的人手我會暫時借給你。」

伊甸收起他的巫毒娃娃，接受大主教的饋贈。

沒人注意到桌上的木雕小鳥微微地拍動了幾下翅膀。

MISFORTUNE SEVEN

CHAPTER 7

毒蛇陷阱

約書氣憤難耐地走出勞倫斯的辦公室，幾隻銅蛇跟在他身後一路滑出。

聽著那金屬滑動的聲音，約書知道是伊甸派出他的爪牙想來求和，於是他拚了命地往前走，想甩開那些銅蛇。

伊甸的肆意妄為讓他完全無法諒解，這已經是無法依靠溝通消弭的歧見，更何況，約書也不認為伊甸有想要討論的意思。

如果伊甸是這麼想的，那就這樣吧！但約書不會乖乖坐以待斃，雖然是一群白痴又愛惹麻煩的下屬，但畢竟還是自己的下屬……他自己有其他的打算。

只是問題在於——沒了伊甸，他該怎麼進行接下來的計畫。

約書思考著方法，一路往偏僻的樓梯間離開，想盡快甩掉那些銅蛇；不過就在他回頭查看銅蛇有沒有跟上的時候，卻赫然發現它們早已消失無蹤。

沒料到銅蛇會這麼快放棄追蹤，約書正覺得奇怪，忽然意識到自己好像已經走了很久的樓梯。

約書瞇起眼，不信邪地繼續往樓下移動，只是這道樓梯就像沒有盡頭一樣，他陷入了鬼打牆的狀態。

「搞什……」第一時間，約書直覺是伊甸在搞鬼，「伊甸！是你幹的好事嗎……啊啊啊啊啊——」

然而當他一轉頭。卻看見白衣小女孩就站在他身後，猶如鬼魅般……

「——啊啊啊啊啊啊！」

「約書。」

女孩輕聲喊道，終於打斷了如同花栗鼠般高聲尖叫的大男人。

約書閉上嘴，他輕咳一聲，恢復成平常面無表情的嚴肅模樣，「圖麗，怎麼是妳？」

女孩站在階梯上，沒像往常一樣盤起頭髮、穿著一身華麗的白紗澎裙，而是隨意地散落著一頭白髮，身上也只是普通的白色睡袍而已。

她看起來像剛剛才匆忙跑出房間。

「我有事找你。」圖麗說。

「怎麼了嗎？還有可以的話下次能不能不要用這種方式……」

「那些銅蛇太煩人了。」小女生比約書還會面無表情。

「這倒是……」約書雙手插腰，忍不住嘆息。

沒等他感嘆完，圖麗單刀直入說道：「我剛剛聽到你們的對話了。」

「妳怎麼會……」約書皺眉，但他想想現在不是追問這個的時候，「抱歉，都讓妳聽到了一些不好的東西。」

圖麗沒有表情，看不出她的情緒，她只開口問道：「你打算就這樣回去了嗎？讓伊甸取代你去找柯羅他們。」

約書看著圖麗，他不確定告訴圖麗自己的盤算是不是件好事，畢竟她是父親最疼愛的小女巫；然而圖麗也和他一樣，站在階梯上，沉默不語地盯著他，彷彿不得到答案就不會放他走一樣。

兩人僵持不下，直到約書服軟。

「我能……相信妳嗎？妳不會把事情告訴大主教吧？」

圖麗的雙手放在腹部上，她平靜點頭說道：「上次你沒有把我的祕密說出去，所以我也不會把你的祕密說出去，我答應你。」

「好吧，我打算自己組個小隊先去找萊特和柯羅他們，這樣至少能確保他們不會在第一時間被教廷的人帶走。」約書說，「我還沒想好後續該怎麼辦，也許先把他們藏起來，然後再找榭汀幫我。」

「你要怎麼先找到哥哥他們？」圖麗問。

約書覺得自己像是去面試的新鮮人，而圖麗是嚴厲的主管。

「呃，我也還沒想好。」約書解釋，「聽著，我知道我這樣好像很蠢很魯莽，但我也是剛剛才決定……」

「這個給你吧。」

圖麗再次打斷約書，她忽然從口袋裡掏出東西，伸手交給約書。

約書看著手上的東西，好幾隻木雕的小白鳥就躺在他的手心。

「這是……」約書不解地抬頭，「妳上次要我轉交給柯羅的東西？」

「對，雖然我現在聯絡不上他，但哥哥手上應該還有你上次轉交的那隻小鳥。」圖麗說，「帶著這幾隻小鳥去找，牠們永遠會朝著同伴的方向飛去，也會鳴叫。」

約書盯著圖麗，他不解地問：「妳要幫我？可是……妳不怕被大主教發現之後他會生妳的氣嗎？」

圖麗沉默片刻，她歪歪腦袋，自言自語般喃喃道：「我也好奇他發現了會怎麼處理，選擇放棄我嗎？」

「什麼？」

「沒什麼。」圖麗回過神來，再次向約書伸出手，「快，我們沒剩多少時間，我必須盡快回到房間裡，勞倫斯才不會起疑。」

約書頓了頓，牽住圖麗的手準備行親吻禮，結果被小女生嘖了一聲。她將他的手重新牽好，並且低語：「在我的影子下，願你擺脫毒蛇的追逐，願你躲過毒蛇的追蹤，願你順利尋獲你所追尋的目標。」

暖風湧動，一股熱流經由他們交握的雙手傳上，約書驚訝地抬眉，圖麗卻在這時放開手來。

「好了。」她說。

「好什麼？」

圖麗沒有明說，她回首看了眼無止境的樓梯，最後只轉頭對約書說：

「願你一切順利。」

隨後少女像仙度瑞拉般地撩起裙襬轉身離開，約書遲了幾秒才追上去，卻已經不見圖麗的身影。而樓梯也恢復成往常的模樣，出口就在離約書不遠的地方。

約書握著手中的幾顆小石頭，正打算離開，卻又聽見金屬蛇身鏗鏘響的聲音。他緊張地向樓上望去，果然追蹤他的兩隻烏洛波羅斯再度順著樓梯蜿蜒滑下。

約書正想著該怎麼處理這兩隻煩人的跟屁蟲，兩隻銅蛇卻同時像趕火車似地從他身邊掠過，就像沒看到約書站在那裡一樣。

約書看向自己的手，手心上不知何時出現了一個小小淺淺的烏鴉印記。

原來是這個用途。

約書淺淺露出微笑，他緊握手心，朝出口離去的同時抽出手機，打電話聯繫黑萊塔的人員。

「喂，是我，可以請暹貓男巫、瓦倫汀、克萊門汀和司普蘭去我的辦公室一趟嗎？我有事情需要知會他們。」

威廉的雙手纏滿繃帶，他躺在床上不斷夢囈著那個人的名字。

亞森坐在一旁用熱毛巾替威廉擦拭不停冒著冷汗的臉，有些不知所措。

威廉能從大女巫召喚裡活下來簡直是奇蹟，當然，這跟瑞文多少有手下留情也有關係。

即便是面對不可原諒的背叛，在他的哀求下，瑞文最後還是願意讓他替威廉做簡單的治療，這也可能是他留給威廉的最後一點仁慈。

又或者，他已經預料到威廉根本無法再撐多久。

「萊特……」威廉再次囈語，他的狀況變得比之前都還要糟。

亞森輕輕握住威廉的手，那纏滿繃帶的手在滲血，等真的有幸康復後，可能也無法像往常一樣正常行動了。

「你真是有夠傻的，為了一個教士，失去漂亮的頭髮、失去手指，這樣值得嗎？」

威廉沒有回應亞森的問題，只是在無止境的夢境中繼續呢喃著教士的名字：「萊特……」

亞森親吻威廉受傷的手指。

瑞文是他重要的領導者，他應該要聽從他的命令，像朱諾一樣冷血地放棄背叛他們的成員才對；但威廉是他自瑞文之後連結和認識最深的伙伴，無論如何，他都不想失去他……

「你一直喊他，他有辦法來救你嗎？」亞森將額頭輕貼上威廉的手指，輕聲嘆息。

看著昏暗的房間內唯一的燭火，亞森不禁思考著，如果瑞文他們真的找到了柯羅和聚魔盒，那麼接下來會發生什麼事呢？

威廉有機會得救嗎？

還是……

大雨滂沱，瑞文和朱諾快步走在街上。

沒有停歇，他們穿梭過雪松林間、獅心大橋、那布滿鷹派教士墓碑之地，以及偏僻的旅遊勝地。

雨水淋溼他們全身，但這不妨礙他們所經之處隨手引起的恐慌。

即使是在雷聲轟隆作響的大雨天，靈郡各處也因為他們的到訪而四處燃起詭異的大火，街頭巷尾也紛紛出現行為怪異的人，或是在執行獵殺任務途中就失蹤了的教士們。

從無人的荒野間再度回到靈郡市區的邊角，在那處他和賽勒曾經開設巫魔會的據點，朱諾順手收回了一群從中毒的教士身上爬回來的蠍子。

看著持槍的獅派教士倒在偏僻的小巷角落，逐漸步入死亡，朱諾的視線沒有多加留連，他聽著蠍子的竊竊私語聲，然後再度對瑞文搖頭。

柯羅他們不在這附近。根據蠍子們帶回來的情報，連教廷和教士們都沒有頭緒。

瑞文嘖了聲，轉身就要離開，直到朱諾拉住他。

「雖然我已經找回了瑟兒，但不代表我的身體是鐵打的，這樣頻繁地使用巫術我也會累好嗎？」

「我們沒有時間了。」瑞文說。

「我知道，但這樣隨便亂找下去不是辦法。」朱諾說，「到底還有沒有哪裡是柯羅可能去的地方？極鴉家的宅邸呢？」

「不可能，柯羅一定也知道宅邸現在駐守著大量教廷派來的教士，他不會跑回家的。」

「但是他還能去哪裡？我們已經幾乎找遍靈郡的每個角落了。」

瑞文頓了頓，一個想法從腦海裡閃過，他看向朱諾，「或許我們不該問柯羅會去哪裡，而是要問萊特會去哪裡。」

「你有頭緒？我們對小鑽石根本不熟悉……」

「但我對他的父親很熟悉，」瑞文勾著嘴角，臉上的表情卻毫無溫度。

「我知道他們遇到事情時會往哪裡躲，他也許正帶著柯羅躲在那裡。」

「哪裡？」朱諾問。

瑞文沒有答話，只是撇頭要朱諾跟著他前進。

兩人繼續在雨中前行，轉眼間便消失在靈郡的大街上。

「絲蘭先生！醒醒，不要睡著了……」

絲蘭在半夢半醒間沉浮著，他試著張開眼睛，只看到一臉擔心的萊特，偶爾還會出現柯羅和那個討厭的賽勒的臉。

麥子去哪裡了？他心想，如果再不和麥子報告自己的行蹤，麥子肯定又會在那裡生悶氣，說以後不再理他了。

「麥子呢？我想找麥子……」他詢問，可是卻沒得到答案。

絲蘭本來想追問，但他實在是太累了，他肚子裡的亞拉妮克也是。在和伊旬還有利維坦的衝突之後，他可憐的亞拉妮克就靜悄悄的，了無生息。

他們生病了嗎？

麥子一定會很擔心吧？

「絲蘭先生！絲……」萊特喚不醒絲蘭。

在吐了一堆濃稠的黑血之後，絲蘭的臉色從蒼白變得鐵青，嘴唇也開始發紫。

萊特和柯羅手忙腳亂地找出所有能找到的毯子和衣物替他取暖，但絲蘭完全沒有好轉的跡象。

「我們離開地牢前有發生什麼事嗎？」賽勒問。

「利維坦，」萊特說，「利維坦咬了亞拉妮克一口。」

「哈，那果真是蛇毒了，藉由使魔毒害宿主，伊旬這招非常惡毒。」賽勒笑道，「看來他在攻擊時完全沒有手下留情，竟然直接毒害昔日的黑萊塔同伴。」

「可是，就算再怎麼生我們的氣，伊旬也不至於……」

「那傢伙大概已經被利維坦侵蝕到一定的狀態了，他已經不是我們先前認識的伊旬了。」柯羅說。

萊特沒說話，他看著柯羅，柯羅並沒有注意到他擔憂的視線，他只是表情凝重地掀開絲蘭的眼皮。絲蘭的眼瞳已經呈現出混濁混沌的顏色。

「他接下來對我們下手時，可能只會越來越狠而已。」柯羅說。

「而且我不認為伊甸最後無論如何都要咬上我們一口，只是為了毒害絲蘭來出氣，也有可能是想作記號，或逼我們停止逃亡。」賽勒說，他最清楚這些身上帶著毒液的巫族腦袋裡在想什麼了。

「可是如果我們什麼都不做的話……」

「叔叔就會被毒死。」賽勒說得很無情，他聳肩，「抱歉，但事實就是如此。」

萊特緊緊抱著懷中的絲蘭，他搖頭道：「我們不能讓這件事發生，絲蘭先生是為了幫我們才會被咬傷，我們不能什麼都不做。」

「要救叔叔我們只能回靈郡，榭汀是唯一有辦法治療蛇毒的人；但這就是伊甸的盤算，這是個毒蛇陷阱，我們一腳踩下去就等於是中了他的計。」賽勒說。

「我明白，可是無論如何我都必須救絲蘭先生。」萊特說。

他們同時看向柯羅。

柯羅看了眼臉色蒼白的絲蘭，雖然他曾經是個整天打他肚裡魔鬼主意的討厭鬼，可是……現在狀況不同了。

「我同意，我們必須救絲蘭，他幫了我們太多的忙。」柯羅說。

「喔，所以現在除了叔叔之外，我們也要一起去送掉小命囉？太好了，我最喜歡這樣的地獄之旅了。」賽勒面無表情地拍手。

「好，我們先回靈郡，然後想辦法連絡上榭汀。」柯羅說。

萊特點頭，賽勒的意見和嘲諷再次被忽視，這讓他不滿地扠起腰來，「慢著，但你們有沒有考慮過要怎麼回靈郡？」

換萊特和柯羅同時轉頭看向賽勒。

「我們人在不知道確切位置的某處，可能是在高山上，可能是在偏遠村落。」賽勒聳肩，提醒道：「別忘了是叔叔帶我們過來的，他現在人變成這樣了，你們想指望誰帶你們走出這……」

話說到一半，賽勒才意識到萊特和柯羅的視線始終膠著在自己身上，而原因不是因為他們不懂賽勒所說的道理，而是因為……

「你們為什麼一直像牛一樣看著我？等等……你們該不會認為我能辦到這件事吧？」賽勒瞇起眼，然後看見柯羅和萊特一同瞇起眼。

「你的兄弟有類似的能力不是嗎？」

「就是那個，邊走路邊移動到下一處的能力。」

「那是朱諾擅長的能力，不算是我擅長的能力。」賽勒解釋。

「但你們是雙胞胎，能力應該是互通的。」

「就算是動了分靈手術，一些基本的技能應該還在吧？你本來不是針蠍家比較厲害的那個嗎？」

萊特和柯羅一搭一唱，說得賽勒啞口無言。他瞪著兩人，發出像貓咪一樣不甘願的嘟囔聲：「我確實是有方法帶我們移動沒錯，可是這個巫術很耗體力，也不是我擅長的，我不知道會把我們帶到哪裡。」

「但這看來是唯一的方法了，我們必須試試。」萊特說。

「你把你打嘴砲的力氣省下來，就足夠帶我們去聖母峰登頂了。」柯羅說。

賽勒扠著腰，張嘴想反駁，卻發現還真的找不出其他理由駁回這項提議，除了自己實在是懶得做這件事之外……

最後他雙手一攤，沒好氣道：「知道嗎？你們應該頒發最佳好人獎給我，你們還欠我一大堆人情。」

一邊抱怨，賽勒還是一邊挽起袖子來。

「你們當我是馬嗎？居然要我帶這麼多人移動……」

「你會是匹好馬的。」

「還是最漂亮的馬。」

柯羅和萊特兩人面無表情，語氣敷衍地稱讚著賽勒，一邊開始替絲蘭準備離開的裝備。

「我當然是最漂亮的。」不過賽勒還是接受了這件事。

「絲蘭先生由我背著吧？柯羅你殿後，如果有狀況可以隨時告知我們。」

「好。」

「真是魯莽的計畫，要是我們下一秒就從懸崖上掉下去，你們可不要怪我。」賽勒伸展筋骨，拉筋十指。

「不會的，有我在，應該至少不會從懸崖上掉下去。」在柯羅的幫助下，萊特背起絲蘭。「我很幸運。」

「話都你們在說……」賽勒翻翻白眼，他鬆鬆脖子，雙手扠腰再度問道：「你們準備好了嗎？」

「好了。」萊特和柯羅異口同聲。

「好，那麼接下來你們每個人都要……」賽勒話說到一半又被打斷，而這次打斷他的是外頭成群的羊鳴聲。

羊群躁動不安地大聲鳴叫，彷彿看見了什麼恐怖的東西。

屋內的一群人皺起眉頭，正想看看窗外發生了什麼事，一股濃重的燒焦氣味卻不斷傳上。

原本柴火已經燒盡的壁爐又再度燃起熊熊大火，火焰像爆炸似地閃燃，熱風瞬間震破年久失修的窗戶玻璃。

一群人被吹得東倒西歪，柯羅從地上爬起，只見到自己肌膚上的雞皮疙瘩全數聳立。

柯羅有預感，他要來了，瑞文找到他們了。

抓緊萊特，柯羅對著賽勒大喊：「快！我們必須趕快離開。」

「你這是趕鴨子上架，我還沒有準備……」

轟地一聲，家具開始著火。眼見無路可退，賽勒也只能硬咬牙根，「算了，抓緊我，不要跟丟了！我不會等落後的人。」

再度回到那處昆廷的祕密場所，瑞文心中毫無波瀾。

在看到那棟被羊群團團圍住的小木屋時，他心裡想的只有為什麼當初自己沒有狠下心來完全抹掉昆廷的痕跡，將小木屋也一併燒毀，還有那群吵鬧的羊……

見到他和朱諾出現在雨中，羊群就像警報器一樣開始發出鳴叫聲。

眼見小木屋裡隱約有人影開始竄動，瑞文便知道自己賭對了地方。這裡是個沒有任何人、只有羊群才知道的祕密地點，所以唯一能到達此處的，可能就只有昆廷另一個最親近的人了……

瑞文面無表情地盯著小木屋，他沒有猶豫，抬手就對著小木屋的方向打了個響指。

火焰忽然從小木屋內閃燃，從煙囪噴出了腥紅的熱氣。玻璃被震碎，隨之著火的羊群也開始尖叫逃竄。

瑞文再次打起響指，這次火光從屋內冒了出來。

屋裡的人遲遲沒有衝出大門，瑞文和朱諾則是不斷朝著小木屋的方向走去。

「屋子都燒起來了還不出來，這麼頑強？」

朱諾勾起嘴角，他很期待再見到他的兄弟。畢竟有段時間沒看到賽勒了，不知道他現在有多狼狽呢？

「出來！柯羅！」瑞文朝著小木屋喊道。

可是小木屋只是在火焰中熊熊燃燒，沒人出來，任憑木頭和磚瓦倒塌。

「不會吧，他們真的寧願待在裡面被燒死？」朱諾挑眉。

瑞文看著火光，他停頓幾秒，忽然轉身往後望去。

朱諾隨著瑞文的視線轉過頭，只見一行人踉蹌地出現在他們後方，幾個人在大雨中同樣一臉錯愕地望著他們。

兩方人馬在大雨中僵持，直到柯羅拍了賽勒一把——

「快走！繼續走！」

CHAPTER 8

烏鴉逃亡

樣。

賽勒必須承認，要使用不擅長的巫術，就像強迫一臺生鏽的機器運轉一樣。

針蠍家族中，他是擅長幻術和入夢的那個，朱諾才是像絲蘭一樣擅長在短時間內遠距離移動的那個。

原先瑟兒還在他肚子裡的時候，這一切都不是問題，要他像朱諾一樣進行遠距離的移動也不難，只是耗體力而已，他還是可以做得很好。

但是現在瑟兒不在他體內，而且分靈手術也已經完成，他流失了源源不絕的巫力，使用起不擅長的巫術就變得更困難了。

當萊特和柯羅抓緊他，讓他帶領著向前奔走時，賽勒只覺得自己像拖著兩頭大象一樣沉重。

在轟然而起的火焰中，他努力邁開步伐向前走去，腳步卻沉重得彷彿在夢中行走一般。

「房子要塌了！快點！」柯羅在後方催促著，賽勒只想一掌巴過去。

「沒看到我在試了嗎！」賽勒在怒吼中往前跨步。

景色在大火和空曠的草原間變換著，好不容易，賽勒拖著整群人成功邁出步伐……下一秒，他腳步一個踉蹌，挾帶著整坨人馬往前一跌，摔入溼軟的草地之間。

賽勒勉強才撐住身體，不讓整群人倒在地上。

大雨滂沱，雷聲轟隆，三人靜下心一看，才發現他們只是從屋內移到了屋外，而他們本來待著的小木屋正在大火中燃燒。

一襲黑衣的瑞文和朱諾就站在燃燒的木屋前，在他們注意到對方的同時，兩人也紛紛轉過頭來，兩邊對上視線。

賽勒肚子裡的一把鳥火在朱諾逐漸露出猖狂的笑容時，跟著小木屋一同燃燒起來。可以的話他會想盡辦法將朱諾碎屍萬段，然後奪回他肚子裡的瑟兒，只可惜……

在萊特背上的絲蘭又嘔了一灘血出來，柯羅在後面大喊著：「快走！繼續走！」

賽勒不悅地嘖了聲，沒有猶豫太久，繼續往前邁出步伐。

「柯羅！」瑞文的聲音從遠處響起。

「不要走啊，兄弟，不敘敘舊嗎？」朱諾的笑聲刺耳。

眼見那兩人就要追上，萊特和柯羅開始合力從後方推著賽勒前進。

「想著我們要去的地方，靈郡的任何一個地方都行！」賽勒喊道，「但不要是太顯眼的地……」

話還沒說完，賽勒終於順利往前跨步。周遭一陣天旋地轉，他們就像是行走在大型的洗衣機裡，一下是懸崖峭壁，一下是農舍的天花板。

混亂裡還可以聽見瑞文喊著柯羅的聲音。

「跳！」

不知道是柯羅還是萊特喊了一聲，賽勒一個跳躍，景色變換，他們幾個人從偏僻的鄉間一路回到了大樓林立的靈郡市內。

而這一跳躍讓他們從某處的高樓直接往下墜落。

「你們兩個王八蛋要害死我們……」

賽勒尖叫，話依然沒說完，後頭的萊特用力一推，在他們墜落到堅硬的水泥地面前，景色再度跳躍。

賽勒跌落在一團黑影之中，滾了大概三圈才停下。

萊特背著絲蘭，安然落地，他腳下的影子好好接住了他們。柯羅晚一秒才從上方落地，萊特及時伸手拉住重心不穩的他，他才沒往前跌進路旁的花圃內。

「沒事吧？」萊特問。

「沒事。」柯羅搖頭。

為什麼不乾脆讓我進食？你在拖延時間……蝕冒出叫聲，柯羅選擇忽略。

「你們兩個要關心的應該是我吧？」躺在地上的賽勒滿頭大汗，氣喘吁吁地抱怨著，「累死我了，再跑幾次我就直接暴斃給你們看。」

賽勒從地上爬起，大雨依然在下，只是小巷弄之間交錯的屋簷替他們擋住了些許雨水。

「這裡是……」萊特總覺得這條小巷子看起來很眼熟。

「我和朱諾以前會讓寵物來這裡遊蕩，邀請流浪巫族參加巫魔會。」賽勒拍掉身上的泥水，但他的女士襯衫已經沒救了。

萊特點點頭，還記得上次他們差點在這附近追丟中了蠍毒的鹿學長。

「沒想到繞了一圈最後還是回來最熟悉的地方。」賽勒凝視著深不見底的小巷，沉默了幾秒，很快又恢復成老樣子。「那麼現在呢？根據現在的位置，我們離黑萊塔還有一段距離。」

「繼續走，我們不能在同一個位置久留，瑞文他們很快就能追上來。」柯羅說。

「但這樣一直跑不是辦法，以現在的狀態我跑不過朱諾。」賽勒皺眉，光是從萊特母親的贈禮之地回到靈郡，他的腦袋就脹痛不已，手腳也像水母一樣軟爛。

「至少要距離黑萊塔再近一點，我們沒時間了。」萊特說。他背上的絲蘭身體越來越冰冷，呼吸也越發急促。

「越近會越危險。」

「我知道，但至少要到能讓榭汀更快趕到的地方，我們必須冒這個險。」萊特說。

「獅心公園，橋下，我會派信使飛去黑萊塔通知榭汀我們的去向。」柯羅吹了聲口哨，幾隻在附近的烏鴉飛落。

「你那群流氓可以信任嗎？」賽勒看著那群每天都彷彿吸大麻吸嗨了的烏鴉，牠們正站在屋簷上，像好奇寶寶一樣地低頭看著狼狽的他們。

「也只能信任了。」柯羅再度吹響口哨。

烏鴉們拍動著翅膀飛出去，只是還沒飛多遠，一群體型更大的渡鴉忽然低空俯衝而下，追逐著烏鴉們而去。

一隻隻烏鴉被渡鴉攻擊，摔落在地。

巷弄的深處變得扭曲模糊，景色在巷子與荒野間變動。

「該死……快走！繼續走！」柯羅轉頭對著賽勒大喊。

「那麼快……」

賽勒話還沒說完，朱諾的笑聲先從巷子的那端傳來：「賽勒！」

「啊！煩死了！」沒有時間閒話家常，賽勒讓柯羅和萊特抓著他，又開始邁步向前。

一行人在賽勒的幫助下再度從幽暗的巷弄轉跳到靈郡的大街上，大雨的日子裡街上行人不多，但他們的出現還是引起了不少人的注意。

其中有位年長的女士在看到他們之後便尖叫起來，指著他們滿臉驚慌地大叫：「男巫！是男巫們！」

行人們紛紛發出驚呼聲，柯羅一行人錯愕地站在原地，直到他們發現一旁的燈柱上全部貼滿了印著他們頭像的通緝令。

危險人物幾個大字就打在他們頭上，跟瑞文和朱諾的通緝令擺在一起。

「搞什……我們現在正被朱諾他們追殺，結果教廷還是認為我們和他們是一伙的？」賽勒不滿地瞪著路上的行人，「不說我還以為我回到了兩百年前獵殺女巫的年代，這些傢伙就差沒拿火把了。」

路上的行人還在大喊，叫得一行人如坐針氈。果然，不久後幾名警察現身，他們身後帶領著一群武裝的教士。

「別動！男巫們！」為首的鷹派教士吼著，槍械全對準他們。

「怎麼可能不動啊？」賽勒碎念道，他拉著柯羅和萊特又開始往前走。

一發子彈擊中燈柱，發出第一聲警告。

不過萊特一行人沒有停下動作，他和柯羅在賽勒背後推著他前進，「大街太顯眼了，我們必須往巷弄裡跑！」

「我知道！但不要讓我被打死了！」

一見他們動作，教士們也沒有客氣，直接對著萊特一行人開槍。槍聲如雷聲般響起，只是子彈都很剛好地從他們身邊擦身而過。

教士們齊步往前，柯羅使力一拉，試圖拖住他們的影子。

但昏暗的天氣讓教士們的影子稀薄，柯羅並沒有拉住他們太久。眼見教士們不斷前進，賽勒也只能咬牙往前衝，「推！」他大喊。

柯羅和萊特再度用力往前推，景色開始顫動又模糊，可是教士們也同樣在逼近。

一陣天旋地轉，柯羅、萊特和賽勒，連帶著幾個教士一起被重新捲進了靈郡市周邊陰暗的巷弄內。

柯羅他們像是被整座靈郡市吸進去又吐出來一樣。最後一次移動時賽勒似乎已經瀕臨極限，他們抵達新的地方之後，就像是一把被人擲出去的骰子。他們四散在地，滾落在幾乎沒有陽光的陰暗巷弄內，四周還散落著焦黑又殘破的帳篷。

「萊特……」

柯羅從地上爬起，慌忙地找著身邊的教士，只是他手才剛碰到對方，卻注意到這人沒有萊特那頭漂亮的金髮。

陌生的教士抬起頭，看著柯羅，他停頓幾秒才回過神來，抓緊手上的武器就要朝柯羅開槍。

柯羅嚇得往後一退，他用力打著響指，刺眼的亮光忽然從天而降，逼得教士不得不閉上雙眼。趁著教士反應不及，柯羅抓緊機會逃離，他看著散落在地上的其他人，好不容易才在角落裡找到萊特和絲蘭。

柯羅衝向前，一把抱住也正因為刺眼的亮光而停留在原地遮擋光線的萊特，將萊特帶往暗處躲藏。

亮光停歇，槍聲也跟著四起。

「出來！男巫們，現在就投降！」教士們喊著。

「你有怎樣嗎？」柯羅用身體護著萊特和絲蘭。

「我沒事！」大雨中的萊特已經滿身泥濘，他背上的絲蘭被他們用衣物覆蓋住，不斷咳著血。「賽勒呢？」

柯羅抬頭，一顆子彈從從他臉邊劃過，逼得他不得不再次趴伏身體。

「待好！」柯羅壓低萊特的身體，在萊特阻止前再次衝出去。

「柯羅！」

槍聲四起，但或許是沾上了萊特的幸運，子彈像刻意避開他一樣，只擊中了地面和外套。

柯羅打起響指，如同槍擊般的火光隨著雷聲亮起，轟隆地炸裂，彷彿真正的槍響。以為被武器襲擊的教士們紛紛找掩護物躲藏，這給了柯羅機會尋找賽勒。

「我在這裡……」賽勒趴在地上，艱難地舉起手來。

「快起來！我們必須繼續移動……」柯羅上前去攙扶賽勒，但賽勒就像吸飽水一樣沉重。

賽勒沒有應話，因為下一秒，發現柯羅剛剛只是放煙霧彈的教士們紛紛起身，又是一輪的槍聲轟炸。

柯羅咬著牙根，用盡全力拖著賽勒奔跑。

何必這麼累呢……

讓我出來，吞掉他們，我會……

「快，柯羅！」

萊特的聲音打斷柯羅肚子裡的聲音，他對著柯羅招手。而原本佇立在牆邊，高聳堅固的鷹架在這時忽然倒塌，不偏不倚地擋住教士們的去路。

這給了柯羅他們逃跑的時間。

一會合，一行人便艱難地鑽進更深更複雜的小巷弄內，一路逃離那散發著可怕焦味的大條巷道，期盼能稍微甩掉窮追不捨的追兵。

「往右轉，然後沿著樓梯向上走。」賽勒指著路。

萊特和柯羅沿著賽勒所指的方向前進，他們一路順著樓梯向上，蜿蜒地深入廢棄房屋所構築出的小巷弄裡，緊靠著殘存的屋簷遮雨。

「等等……你們走太快了，讓我休息一下再繼續。」賽勒要求。

「我們會被追上！」柯羅說。

「我真的走不動了，你們必須停下。」賽勒卻還是再次要求。

柯羅看向萊特，萊特點頭，於是他攙扶著賽勒進入簡陋的屋簷下，只能暫時讓他坐在潮溼的石階上。

「知道我們在哪裡嗎？」萊特問。

「這裡是占卜巷附近。」賽勒捂著腹部說，「我們剛剛看到有著一堆焦黑帳篷的地方應該是占卜巷，只有占卜巷會在這種邊陲地區。」

「如果是在占卜巷，那麼我們從剛剛開始只距離獅心公園更近一點點而已，我們還需要再移動一次。」柯羅說。

說時遲那時快，巷弄遠處忽然哨聲四起。

「那是教士的哨聲，他們在通知同伴聚集了。」萊特抬起頭來，臉色凝重，「我們沒剩多少間，他們可能不久後就會開始全面搜索整區的巷弄。」

叫我吧，柯羅，敲我的門。

你需要我的……

柯羅握拳，他轉頭看向賽勒，「你還需要休息多久？」

賽勒臉色蒼白地看著柯羅，用極度厭世的語氣說道：「可能一輩子吧。」

「你現在怎麼還有心情打嘴……」

柯羅說到一半閉上了嘴，因為賽勒攤開自己捂住腹部的手，上頭一片血淋淋的。

「賽勒！」

「看來我剛剛離萊特太遠，運氣不夠好，有顆子彈不小心擊中我了……」

賽勒聲音虛弱地說道，他整個人差點癱軟倒地，是柯羅及時上前扶住，他才沒有正面著地。

「柯羅！拿布，隨便的布都可以，先替他止血。」萊特喊道。

柯羅手忙腳亂地撕扯自己的襯衫，讓賽勒先壓住自己的傷口，血水卻不斷隨著雨水暈開，白色的衣料一下就被染成了粉紅色。

「抱歉啊，但我想我沒辦法繼續移動了。」賽勒說，「我們都要死在這裡了。」

「我說過沒人會死，都這種時候了，你要不要乖乖閉上嘴！」柯羅替賽勒壓緊了傷口。

賽勒痛呼出聲，卻還是沒閉上嘴。

「算了，你們丟下我先走吧，反正無論如何我兄弟都會追上來殺掉我。」

「我們不會丟下你。」萊特說，「我們不會丟下任何人。」

「為什麼，我們又不熟……」

「你再說一句話我就把鞋子塞到你嘴裡！」柯羅斥責道。

賽勒哼了兩聲，這次終於乖乖閉嘴。

「壓緊你的傷口，然後靠在我身上，我們會設法帶你離開。」柯羅說，他試著扶起賽勒。

然而這時的巷弄內卻再次出現腳步聲，手電筒的光束在陰影中晃動，一批人馬似乎緊接在他們後方追了上來。

萊特和柯羅互看一眼，兩人第一時間帶著賽勒和絲蘭先往暗處躲起。

柯羅的心跳得又快又大聲，同樣的，他肚子裡的聲音也是。

蝕的聲音已經開始變得像響亮的吼叫。

不要再拖延了！

讓我出去！

柯羅按緊腹部，手指不自覺地在上頭不斷畫繞著那深深印在他腦海裡的召喚陣，他只需要敲敲門，放出蝕，撕裂那些教士就沒事了……

「柯羅，不行，我們不能讓使魔攻擊普通人。」萊特按住柯羅蠢蠢欲動的手，提醒他，「不要變得和瑞文一樣。」

柯羅握緊萊特的手，他明白萊特在擔心什麼，但是……萊特背上的絲蘭狀況看起來很糟，話很多的賽勒已經完全不說話了。

萊特身上到處都是髒汙和擦傷，他從沒看過亮晶晶的教士這麼狼狽的模樣。

「可是我必須保護你們。」柯羅不能再讓萊特出事，他承受不起。

「但不是用這樣的方法。」萊特輕聲安撫，「我們會想到其他方法的，我們會的。」他輕輕將食指放到自己嘴唇上，「現在先安靜，我們得先躲過他們。」

一行人壓低身體，安靜無聲地聽著那些腳步聲逼近，看著手電筒的光線明晃晃地在廢墟中移動。

萊特和柯羅屏氣凝神，他們聽著對方的心跳聲和雨聲，直到那些在附近不斷徘徊的腳步聲逐漸遠去。

鬆了口氣，萊特和柯羅剛鬆懈一秒，一陣高昂的鳥叫聲卻忽然響起，在偌大的廣場中發出回音。

萊特和柯羅渾身一震，啾啾啾的鳥叫聲又大又響亮，而且是從他們身上發出來的。

「什麼東西？」萊特問。

他們手忙腳亂地尋找著身上那不停發出聲音的東西，直到柯羅從口袋裡掏出圖麗給他的白色小鳥木雕。

小鳥在柯羅手上拍打斷翅，不斷發出響亮的叫聲。

「閉嘴！」柯羅用氣音斥責道，他甚至用手掌壓住小鳥不讓它繼續尖叫。遠去的腳步聲隨著鳥叫而折回，心知不妙，柯羅乾脆放開了小鳥隨它去尖叫和飛翔。他心一橫，咬牙按住腹部準備起身。

「柯羅！」

而這時喊出他名字的卻不只是萊特而已，熟悉的聲音從另一邊響起，伴隨著啾啾鳥鳴。

柯羅維持著召喚的動作僵在原處，他瞪大眼遙望拿著手電筒渾身溼淋淋的另一行人，約書、丹鹿和卡麥兒站在雨中，他們每個人手裡都有一隻木雕小鳥。

「大學長、鹿學長、小仙女學姐！」

「萊特！」

約書一行人來得像場及時雨。

在拿到圖麗給的小鳥之後，約書立刻召集了丹鹿、卡麥兒和格雷進行密會，他打算組一支小隊伍偷偷瞞著教廷出去尋找萊特他們。

丹鹿當然二話不說就答應了，而原本還在休養的卡麥兒在聽到絲蘭被迫逃亡的消息之後也決定加入，至於格雷……

鷹派的乖寶寶看起來很猶豫，約書本來就不指望對巫族向來極具偏見、深惡痛絕的格雷會加入他們的行動。

尤其是在知道威廉選擇棄他們而去之後，格雷很憤怒，因為他認為威廉會跑走是他的責任。

雖然約書也認為確實如此……不過他認為格雷這人自負歸自負，但還不到百分之百的壞，可能就是笨了點。

只可惜最後格雷還是回絕了他們的任務，他打算進行自己的任務，找到威廉。

約書也不強求，有丹鹿和卡麥兒的幫助就足夠了，再加上他現在還有最重要的人幫忙……

當他們手心裡的木雕小鳥開始拍著翅膀飛，帶領他們往某個方向前進時，約書就知道他們找對地方了。

雖然小鳥們途中換過幾次方向，不過最後都落在占卜巷附近，那個伊甸和他曾經出過任務的地方……

進入蜿蜒小巷內後，約書幾人一路避開其他也在搜尋萊特他們的教士，跟隨著小鳥來到巷弄內不知名的廢墟，直到小鳥們開始共同發出鳴叫。

「大學長、鹿學長、小仙女學姐！」

看到渾身狼狽的萊特和柯羅一行人時，約書才稍微鬆了口氣。

「萊特！」丹鹿在大雨中衝上前去抱住萊特。

「你們怎麼會搞成這樣？」約書皺眉，嘴裡碎碎念著，但還是難掩臉上的關心。

「大學長，抱歉，先沒時間說這麼多了，我們需要幫助！」剛被丹鹿抱完，萊特立刻將身上的絲蘭輕輕放下。

原先待在後面的卡麥兒站了出來，她蹲下身，將覆蓋在絲蘭身上的衣物撥開，沒多久就看到她一雙大眼睛裡聚滿淚水。

「絲蘭先生？」

「學姐妳……認得出來這是絲蘭先生？」萊特訝異道，他一直以為卡麥兒不知道絲蘭幼童的面貌。

「怎麼會認不出來啦，一直都、都認得出來啊……只是不想、不想戳破他而已……他很愛、很愛面子。」卡麥兒抱住絲蘭，哭到一把鼻涕一把眼淚，「可是絲蘭先生怎麼會、怎麼會變成這樣？我可憐的絲蘭先生啊啊啊啊！」

「麥、麥子……」被抱在懷裡，絲蘭只是勉強地張開眼，但很快又暈死過去。

「我們劫獄時被伊甸攻擊了……」萊特小心翼翼地看向約書，「絲蘭先生可能是中了蛇毒。」

「我知道，我有聽說這件事，所以我才出來找你們。」約書說，他蹲下身查看絲蘭的狀況。注意到萊特和柯羅的視線，他默默地說：「別擔心，教廷和伊甸都不知道我自己出來找你們這件事。」

「你不是什麼事都會告訴伊甸嗎？」柯羅問。

「我很清楚有些事不能再告訴伊甸了，」約書說，「所以相信我。」

絲蘭的咳嗽聲打斷他們的對話，他又吐了一堆黑血出來。

「好了，我人都要死了，拜託你們別閒聊了。」發出虛弱聲音的是一旁的賽勒。

「這傢伙是怎麼回事？」約書問。

「呃……要解釋的東西太多了，總之現在我們需要榭汀，貓先生呢？」萊特問。

「榭汀走不了，他現在被一堆教士看守著，離開太引人注目了。」

「但你們這樣不是也……」

「別擔心，『我們』還在黑萊塔裡，貓先生正在和一堆白蘿蔔人關在大學長的辦公室裡聽訓。」丹鹿說，這招屢試不爽。身上背著一支行李箱的他正在一旁翻箱倒櫃。「不過別擔心，出來之前榭汀已經把東西都準備好了。」

丹鹿拿出一瓶裝有亮藍色天堂甘露的小瓶子，他讓卡麥兒將絲蘭固定好，打開瓶蓋將甘露全部餵給絲蘭喝。

甘露順著絲蘭的喉頭而下，亮藍色的光芒消失在他頸間，絲蘭原本鐵青如死灰的臉色一下子恢復成正常的膚色，那些如毒藤般攀爬的青色血管也逐漸從他臉上消褪。

「太好了……」萊特心中的一塊大石總算稍微放下。

「不過這只是暫時的急救而已，我們還是必須帶絲蘭回去讓榭汀醫治。」丹鹿說，他又遞了一瓶甘露給賽勒，同時檢查賽勒的傷勢，然後拿出繃帶一副要將對方五花大綁的模樣。「賽勒可能也必須接受更進一步的治療。」

「喝了這個還不夠嗎？」賽勒問，神奇的是他覺得好多了。如果真的能逃過一劫，他應該要和暹貓打好關係，這東西會是巫魔會的熱賣商品。

「我建議你回去天堂多泡一下。」丹鹿說。

「但是我們現在回得去嗎？」柯羅問，「有這麼多人在找我們，全部一起回去太顯眼了。」

看著滿身狼狽的一行人，約書思考了片刻，「雖然對你們有點不好意思，但看來現在只能留你和萊特下來，找個地方讓你們躲藏，然後我們先偷渡絲蘭和針蠍回去。」

「我沒有問題。」

「我也沒有。」

萊特和柯羅立刻回答，不過有個人有意見，他向來意見很多。

「我有問題。」賽勒說，他靠在丹鹿身上舉著手。「在追我們的不只教廷的人，他們可能躲不了多久。」

「什麼意……」

約書話還沒問完，周圍忽然哨聲四起，小巷裡都是奔跑和叫喊的聲音。

「我們被發現了嗎？」獨自背起絲蘭的卡麥兒問。

「痛、痛……」

不管賽勒的哀嚎，丹鹿強行將他扛起，每個人都進入警戒狀態。

「聽起來怪怪的。」約書說，「如果是發現我們，哨聲應該再更整齊一點……」

除了凌亂的哨聲之外，巷弄裡忽然槍聲大作，但沒過多久又在尖叫聲中停止。

看著恢復寧靜的巷弄彼端，賽勒凝重地說道：「他們來了。」

「誰？」約書問。

「還能有誰呢？」賽勒哼笑，他老遠就聞到了自己兄弟的臭味。

CHAPTER 9

渡鴉難題

伊甸凝視著手上的手機，他不斷撥通約書的電話，對方完全沒有回應。

別緊張，他只是在鬧脾氣而已。

他會想清楚的。

我們都是為了他好。

伊甸肚子裡的髮蛇們正不斷發出嘶嘶聲，七嘴八舌地給出意見。

從前這些髮蛇的聲音並沒有這麼明顯，因為約書總是在他旁邊，雖然是個大面癱，卻是個異常多話的人，老愛和他開一些不正經的玩笑。

從認識約書開始，伊甸就幾乎沒有清靜的時刻……不過他並不討厭那樣，約書對他來說，是他在追求家族名譽的龐大壓力下唯一的慰藉，一直都是。

曾經他認為他們可以就這樣攜手走下去，永遠在一起，擠在那間辦公室裡抱怨著怎麼還不能退休。

——只是現在狀況不一樣了。

伊甸終究還是要面對現實，無論如何，他不會甘於只當個教廷旗下其他分支家族的男巫，永遠不受到重視，像他的父親一樣。

他明白自己必須改變，銜蛇家不能永遠當極鴉家背後的影子，就算他必須用盡一切手段，就算約書必定將會對他感到失望……

通話進入語音信箱，伊甸終於收起手機。他坐在車內，開車的教士正從後照鏡中觀察他，不過他假裝沒發現這件事。

伊甸凝視著車窗外，玻璃上的倒影卻像在凝視著自己，眼神裡帶著斥責。約書不願意回應自己的電話是預料中的事，這不會阻礙他進行接下來的計畫。

他往前走了，想帶領他們變得更好；約書卻還停留在原地，想過著他們原本約定好想過的生活。

約書太天真了，但你不是。

為了榮耀、為了未來……

從前的他或許會因此而打消念頭，回頭和約書停留在原地，過著他們平凡無奇的日子；不過現在的他不會停下前進的步伐。

目標只在前方而已，他還差一點點就能抵達，他不會停下。

至於約書，等他抵達終點，他會回頭將他拉上的。

那時候或許天真的約書就能明白的他苦心。

車子在被警方封鎖起來的街道前方停下，伊甸的注意力回到窗外，他看著這個不久前他才和約書來過的地方——占卜巷。

那些流浪巫族搭建的帳篷已經全數被教廷燒滅，流浪巫族們現在大概正在靈郡街頭四處逃亡，被教士們追殺著。

伊甸的眼裡毫無同情，因為對他來說，這些流浪巫族的消失未必是件壞事。巫族的血統和家族越純粹越高貴，並不需要其他閒雜人等。

一名獅派教士撐著傘前來接他。

「有消息說占卜巷這裡正在發生衝突，而附近的大街上也傳來消息，說看到被通緝的男巫一伙人出沒，所以我們認為他們也許正在這裡。」對方匯報道，他將傘遞給伊甸，卻遭到伊甸的拒絕。

「淋雨也無所謂，要追捕逃犯總不能還撐著傘吧？」伊甸摘下被雨水打溼的眼鏡，瞳孔收縮成蛇一般的豎線。

獅派教士害怕地退後了幾步，伊甸並不介意，他只是冷漠地問道：「我的教士們呢？」

對方默默讓開，一群武裝的鷹派教士出現在伊甸身後。

伊甸往後看了一眼，下意識地在其中尋找約書的蹤影，可惜又不可惜，約書當然不在。

「你們準備好去獵捕男巫了嗎？」伊甸問。

鷹派教士們整齊劃一地回答：「準備好了。」

巷弄裡異常安靜，遲遲沒有其他動靜。

約書給了其他人一個眼神，要他們安靜地跟在他身後行動。

所有人點頭，在約書的帶領下，他們小心翼翼地移動著。

占卜巷內的小巷道錯綜複雜，有很多條岔路和分支，好在曾經四處舉行過巫魔會的賽勒對這裡也相當熟悉。

「繼續往右走，下了一條長長的石階梯之後都是交錯坐落的廢棄房屋，要搜尋會很困難，我們從那裡鑽進去然後想辦法逃跑。」賽勒指揮著。

「好吧。」眼下別無他法，約書同意了賽勒的計畫。

只是當他們正打算鑽往右邊的小巷時，幾個教士卻手持獵槍從裡面走出。

「站住！你們這是幹什麼？」約書跨步站出，他擋在其他人面前，「把槍放下，別對著我，沒看到我們已經逮捕到逃犯了嗎？」

丹鹿和卡麥兒默契地同時湊到萊特以及柯羅身邊，做做樣子地「逮捕」他們。

然而幾名教士卻沒有要放下獵槍的意思。

「他們的眼睛……」

賽勒順著萊特的話望向那群教士，轟隆的雷光下，教士們全黑的眼珠若隱若現。

「中了蠍毒的症狀，」賽勒咬牙，他朝柯羅大喊：「柯羅！壓制住他們！」

接收到訊號，柯羅立刻打響手指，如閃電般的亮光再次閃現，這次照亮了教士們的影子。影子瞬間像鏡面般立起，它們匍匐在教士們身後，出手抓住他們手上的獵槍。

約書立刻衝上前，一拳撂倒為首的教士。卡麥兒也將絲蘭先轉交給丹鹿，跟在約書身後一一擊倒那些被影子限制住行動的教士。

萊特和丹鹿有些看傻了眼，大學長高大歸高大，他們大部分看見他的時間，他都是在辦公桌前辦公，從沒見過他動手揍人。

這次看他俐落撂倒其他教士的手法，萊特和丹鹿只覺得他們以後絕對不會再違逆約書了。

至於小仙女學姐就更不用說了……

「那女人都上去了，你怎麼不上去？」賽勒問丹鹿。

「你覺得我需要上去嗎？」

即便穿著短裙，卡麥兒揍人還是能揍得不帶一絲拖沓，就跟當年在神學院揍他們一樣毫不留情。

鉤拳、踢擊和擒拿，一個接著一個比她個頭還要大的男人迅速倒下。

賽勒無語，他聳聳肩說：「你說得有道理。」

「走！快走！」在打倒最後一個教士後，約書對著他們呼喊。

一行人開始在巷弄間奔逃，但同時卻有更多明顯被針蠍控制住的教士追上來，這讓他們疲於奔命。

而此時，除了被針蠍操控的教士們外，新一批沒被控制的教士又再度湧入。

帶著萊特一行人逃跑的約書不斷在巷弄內遇見不知道是由朱諾所操控的教士，或是真正教廷派來追捕他們的教士。

「往回跑！」在巷弄的盡頭聽見整齊的腳步聲，約書立刻煞車停下。

但當最後方的萊特和柯羅準備往回跑之際，另一端的盡頭又出現了一批教士。

一行人被頭尾包夾，哪裡也去不了。在敵人的進犯下，他們不得不擠在一起，背對背將絲蘭和賽勒包圍在中心。

「看來我們差不多要結束了。」賽勒說。

「少烏鴉嘴！」丹鹿斥責道。他看向約書，約書卻是滿臉凝重地擺出準備戰鬥的姿勢。

見狀，萊特也擺出了備戰動作，一旁的柯羅默不作聲，他咬緊牙關，手掌放在腹部上……

「舉起你們的雙手！男巫們！快乖乖投降，奉教廷的命令，我們已經將你們包圍了。」巷道那一頭走來的似乎是教廷派來的教士們。

至於另一頭……

白衣教士們不分派系，他們盯著約書一行人以及前方的所有教士，面無表情地舉起槍來。

眼見情況不妙，萊特對著其他人喊道：「大家壓低身體站離我近一點！」

萊特語畢，巷弄內的槍聲再度響起，所有人順著萊特的話壓低身體貼向他。子彈從他們身邊呼嘯而過，沒有一發擊中他們，卻擊中了在他們後方準備進攻的那群教士。

「停火！是誰讓你們開火的！」

另一方的教士們驚慌地叫喊著，還沒搞清楚狀況，但眼見越來越多人中彈，他們逼不得已也向對方展開反擊。

以萊特為中心的一行人夾在雙方的衝突之間，大量的子彈不斷擦身而過，一直在壓縮他們的躲避空間。

萊特只要一個不留神，子彈都有可能擊中他們任何一個人。

柯羅知道萊特撐不了多久，他基本上還是個新手男巫，使用巫術時都在大量耗費他的體力。於是柯羅牙一咬，他起身彈指，試圖再用同樣的方式壓制住所有人。

閃光亮起，他用力拉扯，教士們被緊緊拉住了影子。

柯羅希望能藉機讓萊特他們逃跑，然而由於教士的數量過多，很快他就發現即便用盡全力，也無法拉住所有人的影子。

何必這麼累呢？

你可能會死掉喔，召喚我吧……

蝕在低語，柯羅苦撐著，直到幾個教士逃離了他的掌控。

「唔！」

一記槍聲響起，柯羅中彈倒地。

「柯羅！」萊特大喊。

就在柯羅倒下的那一霎那，所有教士們也擺脫了影子的束縛，其中一方人馬再度朝萊特一行人舉起槍口……

知道可能逃不過這一劫了，約書、丹鹿和卡麥兒紛紛起身擋在男巫們面前，他們張大雙手，閉上眼睛等著槍擊發生。

只是下一秒，舉起槍的教士們忽然發出慘叫。

約書他們一臉困惑地抬起頭，只見那些教士身上開始燃起大火，一個又一個，就像被點燃的蠟燭一樣。

教士身上竄出熊熊火光，如同著火的火種，他們在慘叫聲中被大火吞噬。

還沒時間關心究竟發生了什麼事，萊特倉皇地看著懷中一臉痛苦的柯羅。

柯羅的手緊緊按著胸口，萊特輕輕移開他的手檢查傷勢，就怕看到大量的出血。

然而柯羅移開的手掌下什麼都沒有。

「痛、痛死了。」他只是這麼喊著。

萊特從柯羅的上衣口袋裡掏出了那隻木雕小鳥，子彈似乎擊中了雕像，小鳥身上稍微出現裂痕，但沒有大礙，就和柯羅一樣。

「嚇死我了。」萊特慶幸自己當時稍微在柯羅身上留了意，就在他拉扯著教士們的影子時，他正在後面支撐他。「你不要緊吧？還有哪裡受傷嗎？」

「我沒事。」柯羅按著萊特的手，他肚子裡的蝕發出怒鳴。

「他們是怎麼回事？」丹鹿問。

萊特和柯羅這才將注意力放到那奇特的自焚現象上，火光很快地吞噬一切，幾乎波及到所有廢墟。

教士們因為這場大火停止攻擊，但萊特一行人卻也同時被困在熊熊烈焰之中。

四周一下變得寧靜，只剩火焰在雨中燃燒的聲音，甚至連教士們的慘叫聲都全數寂靜下來。

他們背對背靠在一起，看著從大火中緩緩走近的人影。

「柯羅……」

柯羅起身，他緊握拳頭，面對那個絲毫不畏懼火焰的男人。

「太好了，你沒事。」瑞文嘴上掛著微笑，大火隨著他的出現而逐漸熄滅。

「你到底想做什麼？瑞文，你想殺我嗎？」柯羅問，他獨自站到所有人前方。

「我當然不想殺你，你為什麼會這樣想？」瑞文一臉詫異。

「不然這些傢伙是怎麼回事？」

「抱歉，我不是故意的，我只是沒想到你會這麼倔強，都到這個時候了還不把蝕召喚出來。」瑞文嘆息，他一臉無辜，甚至說得上是討好，「我沒想到他們會傷害到你，所以你看，我把他們全都燒死了，這是我的賠罪。」

「賠罪？你少開玩笑了，我才不需要你的賠罪！」柯羅對著瑞文大吼，「就和你在寂眠谷做的事一樣，一切都是多餘的，我根本不需要！」

「不，你不是不需要，你只是不明白而已。」瑞文哀傷地擰起眉頭，「你明白教廷的人對我們做了多少壞事嗎？你明白他們對我們進行壓迫有多久了嗎？寂眠谷的事明明是你自己的要求。」

「我那時候還只是個孩子而已！」

「就算只是孩子，你也知道教士和他們愚蠢的追隨者對我們和母親有多不友善，所以你才會做出那樣的要求，不是嗎？」瑞文說，「我只是信守了我對你的承諾。」

「那才不是對我的承諾，你只是為了滿足自己殺戮的欲望！」

「別這樣對我說話！」瑞文喝止柯羅，火光再次燃燒。

柯羅沒有妥協，他彈指，刺眼的強烈光線乍現，瑞文身後的影子現形，一把從後方掐住他的頸子。

「住手，柯羅。」瑞文發出警告。

柯羅卻沒有停下，他做出掐的動作，影子也跟著收緊虎口。

瑞文的頸項被影子緊緊掐住，他的臉因此而漲紅起來，但他的神情依舊很冷靜。

「別逼我，柯羅……」

「你忘了你離開前也是這麼掐著我的嗎？」

「我可以解釋……」

「我不想聽你的狗屁解釋！」

柯羅表情憤怒，至今想起瑞文渾身血淋淋、失控地掐住他的那個夜晚，他都還會夜不成眠；但最讓他憤怒的並不是瑞文傷害了自己，而是他在奪取蝕不成後，連解釋都不敢就殘忍地拋棄他不告而別。

而現在瑞文在做了一堆壞事回到靈郡後，卻又說一切都是為了他？

不能接受、無法原諒。

對嗎？對嗎？

柯羅已經分不清楚那個充滿怒氣的聲音是來自他肚子裡的蝕，還是他自己的內心。

扭斷瑞文的脖子，扭斷、扭斷、扭斷！

反正都已經不可能回到從前了……

「柯羅！」

在柯羅失控之前，萊特及時拉住了柯羅的手。

柯羅怔愣，他看向萊特，雙手才稍稍鬆懈開來時，賽勒卻喊了起來：

「小心！」

只見跟隨在瑞文的身後，成群的蠍子從火堆中竄出，密密麻麻地爬向萊特他們。

柯羅逼不得已放開瑞文的影子，轉而牽制那些忽然冒出來的蠍子。

配合柯羅的行動，教士們拔出身上佩戴的小刀，在蠍子爬上身之前一一解決掉。

「好大的膽子，別忘了你們也曾經是我的信使，而現在也依然是！」賽勒對湧上來的蠍群吼道，蠍子們在看到他之後開始在原地轉圈，似乎陷入了困惑。

「笑死人了，你現在大概也只能騙騙這些可憐的小傢伙了。」朱諾從瑞文的身後走出。

「我就說我遠遠就聞到你的臭味了。」賽勒一臉陰沉。

「很狼狽啊，賽勒，你身上穿的都是些什麼東西？」朱諾一臉輕蔑地遮著嘴嘲諷。

「至少比你身上穿的東西還時尚。」賽勒回嘴，朱諾的臉色一下子就不高興了起來。

即使進行過分靈手術後，他們基本上就是兩個陌生人，而朱諾又取得瑟兒，成為了雙胞胎中強勢的那個；然而光是簡單的幾句話，賽勒卻還是能輕易地惹怒朱諾。

這是他們命運，一山不容二蠍。

「我今天一定會殺了你！」

「不，我們不會允許這種事情發生，你們兩個都將被教廷逮捕。」約書站出來。

「你現在跟黑萊塔的教士們站在一起了？明明一直以來你就最不屑他們。」朱諾說。

「但總比跟你在一起好。」賽勒說。

「你……」

瑞文伸手擋住怒氣沖沖的朱諾，他對著約書說：「正被教廷通緝的似乎不只我們而已，柯羅他們不是也被通緝了嗎？不然你們現在怎麼會在這裡，被其他教士追逐呢？」

「這只是誤會而已，而且也不關你的事，我們會想辦法解決這些問題。」萊特說。

瑞文看向萊特，他肚子裡的東西似乎有點興奮，使魔的竄動讓他感到難受。看著那雙湛藍的眼珠，昆廷的身影濃濃地疊在上面，鬼魂似乎又來侵擾他了。

「要怎麼樣解決呢？你似乎沒資格說這句話，昆廷和魔羊女巫的孩子。」瑞文說。

「他在說什麼？柯羅，你哥哥在說什麼？」丹鹿一臉錯愕地看向柯羅。

「這是真的嗎？」連約書都露出了震驚的表情，他原先以為伊甸在會議上說的事情只是胡亂栽贓。「萊特，他說的是真的嗎？要知道伊甸正為了這件事打算親自追捕你，帶你回教廷進行異端審判，這很嚴重。」

「原來毒蛇也知道這件事了嗎？」朱諾哈哈大笑起來，「那幾乎等於全教廷都知道了。」

「萊特！告訴我，他說的是真的嗎？」

看著一臉凝重的約書，還有一副快要昏倒模樣的丹鹿，萊特沒有說話，他的沉默間接等於承認了。

「少管閒事！瑞文！」柯羅喊道。

「小弟，我並不想和你起衝突，我來只是想和你好好談話。」

「你想談什麼！你還能談什麼？」柯羅的憤怒讓所有人的影子都在蠢蠢欲動。

瑞文看著柯羅，平靜地說道：「我們終歸還是家人，柯羅，我希望你能跟我一起離開。」

「跟你離開？」柯羅氣到笑，「別開玩笑了！」

「柯羅不可能跟你一起走！」萊特擋在柯羅面前。

「他不跟我一起走，然後呢？」瑞文再次看向萊特，語氣冰冷地質問，「他繼續和你在一起能有什麼下場，難不成你們要手牽手走進教廷，告訴勞倫斯一切，並請求他的赦免，讓你們繼續開開心心地像以前一樣替他賣命工作？」

「就算不回去教廷也無所謂……」

「然後呢？被教廷追殺一輩子？」瑞文搖頭，「我不想要我的小弟過這樣的生活，事情該有所轉變了。」

「廢話少說，瑞文。」柯羅瞪著瑞文，「我死也不可能會跟你走。」

「不，你必須跟我走，這是我這趟回來的目的。」瑞文卻堅持，「我必須要帶回屬於我的東西——你、圖麗，還有母親的聚魔盒。」

「一樣、都不會、給你！」柯羅咬牙切齒道。

「我給你個機會，讓你和平地跟我離開，你確定你不要？」瑞文冷下臉。

「我不需要你的機會。」柯羅全身警戒。

「好，那就這樣吧，是你逼我的。」瑞文凝視柯羅，神情就和他離開他那天一樣冷漠。他輕輕喊道：「朱諾。」

在瑞文身旁的朱諾動身之前，柯羅率先對瑞文展開攻擊。

在柯羅的彈指間，如槍火般的光芒不斷在瑞文面前閃現，不過瑞文似乎早就看透了柯羅的把戲，他毫無畏懼地走向柯羅。

柯羅藉著雷閃的光芒壯大自己的影子，他的影子一路延伸，覆蓋過瑞文的影子，將他的影子釘在地上。

瑞文停止動彈，他看了眼自己被壓制的影子，再回頭望向柯羅時，表情竟然帶著笑意。

「不錯嘛，學會了新招式。」

某個瞬間，柯羅彷彿在瑞文臉上又看到從前的那個瑞文，他愣了一下，火焰和熱風卻忽然從他面前呼嘯而過。

瑞文腳下燃起熊熊大火，把他自己吞噬，同時也把柯羅和離他最近的萊特困在火焰之中。

而此時的約書、丹鹿和卡麥兒正在想辦法對付難纏的朱諾。

就像他的蠍群一樣，朱諾走來，從原本的一人變成了多人。好幾個朱諾的分身出現在他們周圍，刻意圍繞著他們行走。

其中一個朱諾對約書動手，約書抄起手中的短刀往前劃去，卻只劃破了空氣。

「只是幻覺而已，不要上當了。」賽勒說。

「說歸這麼說，我們不知道哪個才是真正的他啊！」丹鹿幾乎在亂槍打鳥，他胡亂地攻擊著任何靠近他的朱諾。

他可是死也不願意再被咬上一口。

賽勒沉默地觀察著所有朱諾，他瞇起眼，用極盡惡毒的語氣說道：「知道嗎？就算你奪走了瑟兒，奪走了我們的能力，你施展幻術的技巧還是相當彆扭。」

「你少用激將法，賽勒，你只是想逼我現出真身而已。」眾多朱諾說著，其中一個正嚇唬著丹鹿。

「不，我是認真的喔，你就和我們母親說的一樣，是我們之中最沒用的那個。」賽勒學著母親的語氣，「把力量給你真是可惜。」

即使已經切斷關係，賽勒終究還是朱諾共同生活了二十幾年的兄弟，他照顧他這麼多年，他懂他所有的軟肋。

朱諾是弱的，也是自卑的那個。

果然，真正的朱諾一下子變了臉，「閉上你的嘴！」

「女教士！妳的右前方第二個！」賽勒喊道。

卡麥兒立即反應過來，她俯身往前一跳，快狠準地出腿夾住對方的腦袋，用身體的力量將人甩在地面上。

受到重擊，朱諾的幻象瞬間消失。

蠍子們想攻擊正在單方面粗暴壓制朱諾的卡麥兒，卻被賽勒再次喝止。

賽勒按著腹部的傷口，冷冷地瞪著因為一時大意而被卡麥兒箝制在地的朱諾。

「男巫近戰真是不行啊。」賽勒吹了聲口哨。

趴在地面的朱諾卻發出笑聲，「因為近戰對我來說沒有意義。」

語畢，賽勒就聽見朱諾喊道：「敲敲門。」

CHAPTER 10

流亡羔羊

萊特不得不脫掉身上的大衣，才能擺脫那不斷燃燒的大火。

「柯羅！」

熱風和火焰燒得他呼吸困難，他必須用雙手擋著臉，才能夠繼續往前進。兩個人影站在大火之中，他們的影子隨著熱氣的蒸騰而扭曲變形。

「柯羅！」萊特又喊了聲。

其中一個影子轉過頭來看他，他的手已經放在腹部之上。

「跟我離開，柯羅，我們沒必要鬧得更難看。」另一個影子說，不顧萊特的接近，還在試圖勸說柯羅跟他走。

柯羅回過頭，堅定地對著瑞文說道：「我不會和你離開。」

瑞文深吸了口氣，似乎是在強忍怒氣，但火焰的顏色卻燒成了腥紅。

「為什麼？因為那個教士嗎？所以你選擇拋棄家人？」

「是你先拋棄我們的。」

「我沒有拋棄你們，我現在回來了，而你卻不願意跟我走。」

「你瘋了，瑞文，就跟母親一樣！」

「我沒有瘋，我只是想保護你們！你為什麼不懂！」瑞文對著柯羅大吼。周圍的火焰竄燒，幾乎燒熔了周遭的建築物，鷹架和燒焦的木材往好不容易才接近柯羅的萊特身上倒塌。

「萊特！」柯羅讓自己的影子替萊特擋下那些倒塌的鷹架。

萊特遮掩著臉不斷咳嗽，他跪倒在地。

看著柯羅一臉緊張的模樣，瑞文問：「他很重要嗎？比我還重要嗎？」

「你現在到底在說什麼廢話……」柯羅無法專心對付瑞文，他擔心上次的事情會再發生一次。

「你們所有人都認為他比較重要，是嗎？」瑞文站在柯羅面前，一臉失望，彷彿他才是整件事的受害者一樣。

上次的黑影從瑞文腹部裡鑽出，再次爬到他的背上。

「你偷了萊特的東西。」柯羅說。

「是的，因為他也偷了我的東西。」瑞文不帶絲毫感情地微笑，他背後的影子越來越大，外型像長著螺旋羊角的魔鬼，牠正盯著萊特的方向看。

「柯羅……」

萊特起身，想往柯羅身邊走，瑞文背上的魔鬼也蠢蠢欲動。

柯羅別無選擇，他按住自己的腹部，終於喊出那句話：「敲敲門。」

黑暗襲來，像雨水一樣澆滅了瑞文的火焰。

瑞文抬頭看著被黑暗覆蓋的四周，異常平靜，他看著蝕從柯羅的前方緩緩冒出，沒有露出驚恐的表情，嘴角反而出現笑意。

萊特從地上站起，看著這樣的瑞文，他總有股不安的預感。

「你想怎麼做呢？柯羅，讓蝕吃掉我嗎？」瑞文問。

蝕也轉過頭來，牠舔著嘴唇，咧嘴詢問：「你想要我吃掉他嗎？我現在可以吃下所有的東西，任何東西。」

柯羅咬牙，他知道只要自己一下令，蝕就能撕裂瑞文，吃掉他背上的使魔，可是為什麼這無法嚇到瑞文呢？

「你可以吃下任何東西，是因為達莉亞的聚魔盒在你肚子裡嗎？」瑞文問。

柯羅一下子變了臉色，「為什麼你……」

「你們的小朋友幫了我一點忙，他幫我喚出了母親的靈魂，是母親告訴我的。」瑞文說，「她把你當成可愛的小俄羅斯娃娃呢。」

「小朋友……你是說威廉嗎？你讓威廉召喚了大女巫的亡靈？」柯羅問。

「對。」

「威廉現在在哪裡？」萊特問。

瑞文看向萊特，故作同情道：「很可惜，在把你從死亡邊緣撈回來之後，他已經沒剩下多少體力應付大女巫的亡靈。我現在把他藏在某個地方休養，不知道他能不能逃過這一劫。」

「把威廉還來，瑞文！」

萊特對著瑞文喊道。

瑞文和背上的使魔卻直勾勾地望著萊特，前者視線充滿著輕蔑，後者則是充滿好奇。

「如果我被吃掉，你們就找不到威廉了吧？而這一切都是你害的，萊特．蕭伍德。」瑞文說。

萊特駐足在原地，他不明白瑞文為何如此針對他。

「別聽他廢話了，吃掉他，吃掉，吃掉所有的東西，我餓了。」蝕轉過頭對柯羅說，「不需要管小青蛙，你又不喜歡他，不是嗎？」

柯羅沒有動作，他確實可以不管一切，讓蝕吃掉所有的東西，可是他並不是真的不在乎威廉。

「我餓了，你應該讓我吃東西，我對瑞文背上的傢伙很有興趣，牠看起來很好吃。」蝕繼續說。

「我不認為你這麼容易就能吃得了牠。」瑞文對著蝕說。

蝕發出大笑聲，牠繼續慫恿柯羅：「快，向我要求啊，讓我吃掉牠、吃掉他們。」

柯羅緊握雙拳，就在他思考著下一步該怎麼做時，黑暗裡卻有一束燈光亮起。

惹人厭的鼓聲襲來，朱諾倒著從上方走向他們。

「喔，太好了，更多的食物。」

蝕發出更狂妄的笑聲，柯羅卻笑不出來，萊特的臉色更是一片慘白；因為跟在朱諾後方的是那個戴著詭異黑面具的使魔，而使魔後方坐落著長滿人手的古怪沙發，沙發上是賽勒和約書一行人。

他們被那無數的人手按在沙發上，動彈不得。

「就像你說的一樣，最後小烏鴉還是把牠叫出來了啊？」朱諾說，他笑瞇了眼看著賽勒，最後沒有使魔的人果然還是輸家。

他由衷地慶幸自己當初沒有心軟。

「他想保護他呢，就算不惜吃了我也想保護他。」瑞文說。

「魅惑是你的巫術嗎？小鑽石。」朱諾笑出聲來，他看向萊特。

「放開他們，拜託……」萊特看著被無數隻手緊掐著頸子、摀住嘴的丹鹿、約書和卡麥兒。

「你們這樣做太卑鄙了！」柯羅激動地喊出聲來。

「我給過你機會了，柯羅，我們原本可以用更和平的方式解決問題。」

瑞文說，「現在走到這個地步，是你逼我的。」

「不要拖了，吃掉他們，都吃掉，除了小鑽石之外，你在乎他們嗎？」

蝕繼續慫恿柯羅，彷彿魔鬼的低語一般。

「以前的你會毫不猶豫讓我吃掉他們，不過就是一群教士罷了，我可以為了你留下小鑽石，吃掉其他人。」

「你決定怎麼樣呢？小弟，讓我們都被吃掉嗎？」瑞文的聲音溫柔，如同甜言蜜語。

柯羅的視線在萊特和瑞文身上來回逡巡，看著萊特的臉，最後他鬆開了緊握的拳頭。

「你到底想要怎樣？我跟你走你就會放過他們所有人嗎？」柯羅問，蝕在他身後發出了不滿的咕噥。

「柯羅……」萊特看向柯羅，雖然他明白他們似乎已經無路可退。

瑞文終於露出微笑，「我希望你將母親的聚魔盒交給我，然後跟我走，這樣我就會放過絲蘭和教士們。」

「威廉和賽勒呢？」柯羅問。

「我會告訴你們威廉現在人在哪，賽勒也可以留一條小命。」

「瑞文！」朱諾發出不滿的抗議聲。

瑞文轉頭看向朱諾，他背後的黑影也跟著轉頭，兩顆眼珠在一團黑暗中散發著金色的詭譎光芒。

不只是朱諾，連朱諾身後的瑟兒都因此而瑟縮，他安靜下來，不再插嘴。

「另外……」瑞文的要求沒有結束，他指向萊特，「我要求單獨放逐他。」

「什麼意思？」柯羅問。

「他不可以跟著其他人一起走，我想要他自己一個人，看他想逃去哪裡都可以，但我要他一個人。」

瑞文說。他看著萊特，看著那個搶走他一切的教士，他認為是時候讓他體會所有東西都被搶走的感覺了。

「你在胡說八道什麼，他沒辦法單獨逃跑，現在全教廷都在追他……」

「這是我給你最大的寬容，柯羅，又或者你想為了他犧牲掉其他人？」

瑞文沒給柯羅討價還價的空間，他很堅持。

「吃掉他們！吃掉！」在瑞文和柯羅的協議之中，蝕開始不耐煩，牠拍動著翅膀，冷眼看向柯羅，「如果你不讓我吃掉他們，就該用更美味的東西餵飽我。」

面對瑞文和蝕同時的脅迫，柯羅看向萊特，臉上的表情近乎絕望。他終究還是沒有能力保護他們所有人嗎？

柯羅低垂腦袋，很不甘心地哭了，但最後還是擦乾眼淚道：「好吧，我答應你，但你必須按照你所說的放掉其他人。」

瑞文點頭，他看向朱諾，示意他將其他人釋放。

朱諾滿臉不悅，但依然聽令帶著約書他們離開，消失在蝕的房間之中，只留下瑞文、柯羅和萊特三人。

「接下來換你實現你的諾言了，柯羅。」瑞文說。

約書一行人從陰冷的占卜巷內被吐出巷外，朱諾在一條大街上放了他們。人群聚集在被封鎖起來的占卜巷附近看熱鬧，所以沒人注意到他們。

賽勒是最後一個被瑟兒釋放的，他狼狽地癱倒在地上。

朱諾居高臨下地看著他，冷冷說道：「沒有下次了。」

賽勒緊握雙拳，他看著佇立在朱諾上方的瑟兒，原先最喜歡待在他肚裡的孩子現在已經不是他的，可是他卻什麼也做不了。

「小青蛙現在被藏在獅心街二十三號大樓裡的二十樓，你們可以去救他，但最好要快。」朱諾對著約書說。

「可是萊特……萊特還在裡面！」丹鹿焦急地抓著約書，一旁的卡麥兒也一副準備衝上去對付朱諾的模樣，但兩人全被約書攔住。

約書很清楚有那隻使魔在，他們做什麼都是徒然。

「你們還是擔心自己吧。」

朱諾順手一揮，他吹了聲響亮的口哨，然後帶著瑟兒一路消失在街道的盡頭。

朱諾的那記哨聲引起了幾位駐守在占卜巷附近的教士注意，眼看著他們因為騷動而來，約書對著丹鹿和卡麥兒說道：「丹鹿，用你的教士服披著賽勒攙扶他走，絲蘭我來抱，卡麥兒妳擋在後面，我們要回去黑萊塔了。」

「萊特怎麼辦？」丹鹿問。

「我們現在沒有辦法擔心他，先回去吧，回去再想辦法。」約書說。

丹鹿看著占卜巷的方向，天空陰暗，占卜巷的某處上方卻是完全的黑暗，而萊特和柯羅還在裡面；然而看著正朝他們逼近的其他教士，迫不得已，丹鹿最後也只能先跟著約書離開現場。

丹鹿衷心地希望，萊特的幸運能幫助他度過這一關。

三人之中，萊特是唯一沒有使魔的人。

萊特這輩子都很幸運，他從來都不知道為什麼，現在知道原因了。他是個擁有巫力的巫族，教廷口中邪惡又擁有強大力量的男巫。

但為什麼……此刻的他卻依然感到弱小又無助呢？

萊特凝視著柯羅，他沒有辦法幫上柯羅任何忙。

此時的蝕將身體膨脹起來，牠用黑色的翅膀包裹自己，羽毛卻像貓毛一樣炸開。

「你同意了他的條件，那我怎麼辦呢？」蝕很不滿，地上的黑影像潭泥沼，逐漸吞蝕著柯羅整個人，「我餓，我需要吃東西，你欠我一頓豐厚的美酒與佳餚。」

面對氣呼呼的蝕，柯羅的反應相對平淡冷靜，彷彿他已經接受了這一切。

沒有看萊特，他對瑞文說：「如果你想要蝕把聚魔盒吐出來，就必須等我餵食完，牠已經很久沒進食，現在太虛弱了。」

「沒關係，我可以等你。」瑞文說。

「我還有個要求。」

「你說。」

「蝕的進食我不想要給其他人看見。」

「我明白，牠總是吃掉好的回憶，給予你壞的回憶吧？那確實很難堪。」

瑞文垂下眼，他一直在想，當初母親會邁入瘋狂，不知道跟蝕是否有關聯。

「給我點空間，我會把你排除在外，但我會實現我的諾言，你不用擔心。」柯羅說。

「萊特呢？你就願意讓他繼續留著？」瑞文問。

「因為蝕的進食會和他有關……」柯羅說。

蝕刻意餓自己餓了這麼久，除了正在等待這一刻，柯羅想不出來會有什麼其他的理由。

餓越久之後的進食越鮮美，這是蝕自己說過的，所以牠可能一直在養他和萊特之間的關係，直到養得夠肥美為止。

瑞文笑得更愉快了。

「我懂了，那正好，趁著這個機會，你就和他好好道別吧。」

萊特看著瑞文，對方笑得是這麼滿足，彷彿只要能看到自己痛苦他就能獲得喜悅。

如同他所承諾的，瑞文和他背上的影子在黑幕之中逐漸淡出。

「不，我還想看看……」瑞文背上的影子躁動起來，最後卻還是被瑞文帶走。

「柯羅，」萊特看著柯羅，「我們一定還有其他辦法，趁著這個機會再讓我們想想，你不能就這樣跟瑞文走。」

「不，我必須去看看瑞文到底想做什麼，我不跟他離開，其他人都會有危險。」柯羅看著萊特，一臉歉意。「這是唯一的方法了。」

蝕就站在柯羅身後，形體巨大，像看著獵物一樣看著他。

「所以，蝕將會吃掉我和你的回憶，會吃掉多少？」

「我不確定。」

「我們還能像以前一樣嗎？你會來找我嗎？」

「我真的不知道，萊特。」

柯羅的眼淚忍不住又往下掉，他怎麼擦也沒能擦乾，而在他身後的蝕早已按捺不住。

萊特腳下的黑暗逐漸將他吞噬，在他完全被吞沒之前，他對著柯羅大喊：「不管怎樣，我一定會去找你！等我！」

隨後，黑暗將萊特整個吞噬掉。

「他一個人撐不了多久的，有隻討厭的毒蛇在附近，我感覺到了。」

「他不會是一個人。」

「你在打什麼主意？我的小太妃糖。」蝕學那個奇怪又陌生的使魔，牠攀附在柯羅背後，笑嘻嘻地蹭著他。

「我想跟你做個交易。」柯羅說。

萊特被黑暗吞噬後，就像墜入湖底一樣一路下沉。

恍惚中，他看到有人跳入黑暗之中救他，他穿著一身黑色的西裝，賣力游向他，然後拉著他一路浮上水面。

浮上水面之後，萊特卻又發現自己正坐在帳篷裡，而帳篷頂端滿是星光，柯羅就坐在他旁邊，羞紅了耳朵聽他第一次稱讚他的巫術有多厲害。

一張眼，萊特出現在獅心大橋上，手裡拿著焦糖蘋果，而柯羅正吃得滿嘴都是糖漬。

萊特想替柯羅擦掉嘴邊的焦糖，他們卻又在一瞬間對坐在辦公室裡的鐘塔旁。

柯羅看著他，他看著柯羅，兩人什麼也沒做，無所事事地說著些很沒營養的話題。

萊特甚至已經不記得他們當時都說了些什麼，但柯羅難得像白痴一樣笑得這麼開心，萊特喜歡柯羅這麼開心。

只是下一秒，蝕的聲音忽然出現在萊特耳邊。

好多好多，真甜美……真好吃。

萊特看見柯羅的臉上的笑容逐漸消失，眨眼的下一秒，萊特便後悔自己眨眼了，因為他人正站在一旁，看著蝕出現在坐在柯羅對面的自己背後。

俊美的使魔咧起嘴角，露出牠尖銳的牙齒，一下子變得恐怖又駭人，牠喀嚓喀嚓地一口接著一口吃掉自己。

柯羅恐懼地尖叫出聲，但這場進食卻還沒結束。

然後是獅心大橋上的自己、帳篷裡的自己、湖水裡的自己，一口一個，全部被蝕張嘴吃掉。

「等等！不要吃，不要再吃了！」萊特大喊，他伸手抓住使魔的翅膀。

然而蝕只是甩了甩翅膀，根本不理萊特。牠細細地吮著這些牠蒐集起來、珍藏許久都沒吃的美好回憶，就如牠所想像的，餓了越久獲得的美食越美味。

萊特幾乎整個人都扒在蝕身後，他抓著蝕的羽毛，眼淚跟著叫喊聲流下，可是蝕終究是把他和柯羅的那些珍貴回憶全數吃下肚去。

蝕吮著手指，彷彿吃了什麼至高無上的人間美味。

牠看著緊緊抓著自己羽翼的萊特，用假惺惺的同情眼神盯著他看，接著牠一掌抓住萊特的腦袋。

「別哭了，小鑽石，現在就哭以後還得了。」蝕輕輕晃著萊特的腦袋，尖銳的指甲抓傷了他的肌膚。

「還給柯羅！把那些回憶還給柯羅！」萊特直視著蝕，他並不害怕自己可能會被使魔吞掉。

蝕睥睨著這小小的人類、巫族，牠沒有生氣，吃了美食的牠心情可能比以往的任何時候都還要來得愉快。

牠反芻了兩聲，從嘴裡吐出一顆像糖果般黑黑圓圓的小球。

「停止，拜託停止，你已經吃掉了柯羅的回憶，不要再製造不好的回憶給牠……」萊特緊緊抓住蝕的手。

「喔，別緊張……」蝕卻說。牠拎起萊特，湊在萊特臉上聞了幾下，並且香孜孜地舔著唇舌。「這禮物是送你的。」

「什……」

萊特話還沒說完，下一秒使魔便粗暴地將黑色的小圓球硬塞進他嘴裡。

萊特痛苦掙扎，蝕的手指卻一路侵入他的喉間。他的食道彷彿被灌滿毒液，黑暗浸滿他的體內，入侵他的血液。

眼前一黑，萊特被困在黑暗之中，直到一股力量將他的知覺強硬拉回。

萊特躺在地上，耳邊雷聲和雨聲大作。

柯羅就坐在他身上，一手緊緊掐著他的頸子，他的表情一點也不像平常的柯羅。又瘋狂又憤怒，不是萊特熟悉的柯羅，反而更像那位發瘋的大女巫。

「我很抱歉！但這一切都是為了你好！」柯羅哭喊著，一手用力掐進他腹部之內。

萊特見過這個場景，在柯羅那些不堪的回憶裡，只是這次自己取代了柯羅成為被母親贈禮的人，而柯羅則成為了他瘋狂的母親。

肚子像被撕裂一樣，萊特臉上一片溼潤，他分不清楚是自己的淚水，還是柯羅滴下的淚水。他沒有掙扎，他放棄掙扎。

「柯羅……」

萊特呢喃著柯羅的名字，直到他因為那難以忍受的疼痛而暈厥。

「萊特，我很抱歉，我很抱歉。」

他最後只聽見柯羅不停在他耳邊呢喃。

雨還在不停地下，雨水沿著他的臉一路滴落地面。

萊特躺在磚造的路面上，水窪浸溼他整身，包含他沾滿泥沙的教士服。他試著要張開眼睛，眼皮卻沉重不堪，身體也像被灌了水泥一樣沉重。

他動彈不得。

「結束了嗎？柯羅。」

「是的。」

隱約地，他聽見瑞文和柯羅對話的聲音。

費盡力氣，萊特強迫自己張開眼睛，恍惚間卻只看到柯羅起身，轉頭離開他的背影。

景象搖搖晃晃，讓人暈眩難耐，萊特的意識時明時暗，他看著柯羅將達莉亞的聚魔盒交給瑞文。

「柯……」他試著想叫柯羅的名字卻叫不出聲。

「太好了，乖孩子，現在我們離開吧？還要去找妹妹呢。」瑞文搭著柯羅的肩膀。

柯羅停頓，但只有幾秒的時間，最後他還是跟著瑞文離開了，他甚至沒有轉過頭來看自己一眼。

萊特閉上眼，難受地流下淚水，他又陷入了一片黑暗之中。

不知道過了多久，萊特的知覺和意識才逐漸回到身體裡。

「咳、咳！」

萊特被雨水嗆醒，他爬起身來，環顧四周。他還在占卜巷內，周遭都是燒焦的房屋和屍體，唯獨他一個人獨自站在其中。

萊特抬頭看著天空，天色黑到幾乎吞噬了其他光芒，一片黑色的殘破景象讓他一度以為自己又回到了地獄，他最害怕的地獄。

然而沒給萊特太多時間發呆，巷弄裡再次傳來的哨聲讓他警戒起來，銅蛇爬動的鏗鏘聲更是提醒他該逃跑了。

萊特一路奔逃，他並不清楚占卜巷內的路線，只能憑著直覺和運氣在巷弄間穿梭。地上溼滑的泥沙卻讓他一腳踩空，他幾乎是一路從樓梯頂端往下跌到底層。

身體異常的沉重又疼痛，但萊特還是勉強自己站起身，繼續往前跑，他一直跑到一處隱密的地下道才停下腳步。

喘息著扶牆跪地，萊特終於忍不住了，他掩住臉，開始啜泣起來。地下道裡很安靜，除了外頭隱約的雨聲之外，就只剩他的哭泣聲。

他被留下來了，就剩下他一個人了。

「柯羅……柯羅……」萊特喊著柯羅的名字。

從小到大，他從來沒有一刻像現在這麼手足無措，他說過要回去找柯羅，可是他該怎麼在教廷的追捕中獨自一人去找回他？

況且，找到柯羅之後，柯羅還會像以前一樣嗎？

再也難掩情緒，萊特開始放聲大哭，哭得像個小孩一樣……

你是小嬰兒嗎？

然後有個聲音說。

萊特還以為自己聽錯了，他止住哭聲，一邊用袖子擦著眼淚，一邊仔細聆聽。地下道裡依然只有雨聲和自己打起哭嗝的聲音。

「柯羅……柯……」

萊特想繼續哭，但那聲音又再次打斷他。

吵死了！不准哭了，柯羅都沒像你這麼愛哭！

萊特停下哭聲，抹掉鼻水眼淚，他一臉不確定地往下看向自己的腹部，疑惑地喊了聲：「蝕？」

地下道一片寂靜，直到使魔發出了牠的招牌笑聲——

嘻嘻。

一幅圓形的召喚陣浮現在腦海中，屬於巫族使用的古文字在上頭勾勒出來，清晰可見。

萊特後知後覺地意識到，柯羅在離開前給了他一份禮物。

——原來他不是一個人。

——《夜鴉事典14》完

高寶書版集團
gobooks.com.tw

輕世代 FW377
夜鴉事典 14—凝闇流金—

作　　者　碰碰俺爺
繪　　者　woonak
編　　輯　林雨欣
校　　對　薛怡冠
美術編輯　彭裕芳
排　　版　彭立瑋
企　　畫　黃子晏

發 行 人　朱凱蕾
出　　版　三日月書版股份有限公司
　　　　　Printed in Taiwan
地　　址　臺北市內湖區洲子街 88 號 3 樓
網　　址　www.gobooks.com.tw
電　　話　(02) 27992788
電　　郵　readers@gobooks.com.tw（讀者服務部）
傳　　真　出版部　(02) 27990909　行銷部 (02) 27993088
郵政劃撥　50404557
戶　　名　三日月書版股份有限公司
發　　行　英屬維京群島商高寶國際有限公司臺灣分公司
　　　　　Global Group Holdings, Ltd.
初版日期　2022 年 5 月

國家圖書館出版品預行編目 (CIP) 資料

夜鴉事典 / 碰碰俺爺著 .-- 初版 .　-- 三日月書版股份有限公司出版：英屬維京群島高寶國際有限公司臺灣分公司發行，2022.05-
　冊；　公分 .--

ISBN 978-986-0774-95-5（第 14 冊：平裝）

863.57　　　110020336

三日月書版

GOBOOKS & SITAK GROUP©